Originalausgabe

SUSY

DIE KLEINE WICCA

HEXE

"Aua", schrie Susy und mit einem Klappern fiel der Pentagramm-Ohrring zuerst auf die Kommode mit dem Schmuck und dem Make-up und dann auf den Boden. "So ein Mist", dachte sie, "das passiert mir nur, weil ich in Hektik bin. Aber der Bus kommt gleich und ich muss pünktlich in der Schule sein!"

Susy war gerade fünfzehn geworden. Sie war immer ein quirliges und schlaues Mädchen gewesen. Sie hatte sich jedoch nie irgendwo einordnen können. Sie hatte Freunde und jeder mochte sie. Etwas jedoch hatte Susy immer gefehlt. Dann vor einigen Monaten war diese Vollmondnacht gekommen, in der sie einfach nicht schlafen konnte. Draußen tobte ein Sturm und Blitze ließen alle paar Minuten ihr Zimmer hell aufleuchten. Gelangweilt und weil sie keinen Schlaf fand, hatte sie sich ihr Tablet zum Surfen geschnappt und begonnen durchs Internet zu scrollen.

Wie durch Magie war ein Blog aufgeploppt. Wicca für Junghexen hatte er geheißen und er hatte Susys Leben für immer verändert. In dieser Nacht hatte sie kein Auge mehr zu gekriegt und alles über Wicca gelesen und geguckt, was sie finden konnte. Es war der Eingang in eine neue Welt gewesen. Vom ersten Augenblick an hatte sie gewusst, dass es das war, was ihr immer gefehlt hatte.

Seitdem sie lesen konnte, hatte sie alles über Hexen verschlungen. Angefangen hatte es mit Bibi, der kleinen Hexe vom Blocksberg und dann war es weitergegangen mit Harry Potter und vielen anderen Büchern, Serien und Games auf dem Smartphone.

Mama und die Lehrer in der Schule hatten behauptet, so etwas wie Magie gäbe es gar nicht. Sie hatte ihnen geglaubt, was sollte ein kleines Mädchen auch anderes tun, als den Erwachsenen zu glauben. Als sie jedoch im Internet entdeckt hatte, dass es da draußen wirklich eine Welt der Hexen gab, die sich in magischen Coven trafen, wollte sie nichts anderes mehr, als auch Mitglied in einem dieser Hexencoven werden.

Noch am selben Abend hatte sie mehrere Wicca-Seiten aus dem Netz angeschrieben. Alle waren super nett gewesen und hatten ihr viel Infomaterial und Videos zugeschickt. Doch ob es in ihrer Nähe einen Coven gab, dem sie sich hätte anschließen können, hatte keine der Hexen im Netz gewusst. Einige Coven schien es zu geben, doch sie lagen alle in größeren Städten. In ihrer kleinen Stadt gab es natürlich keinen. Aber Susy war das egal. Sie hatte die Welt der Magie gefunden und ihr größter Traum war wahr geworden. Selbst wenn sie jetzt keinen Coven finden würde; sie schwor sich, eines Tages in eine große Stadt zu ziehen, sobald sie alt genug wäre. Bis dahin wollte sie alles lernen, was es über Wicca und die Magie zu wissen gab. Denn sie wollte eine richtige Hexe werden!

Zu ihrem größten Glück war ihre beste Freundin Hannah vom allerersten Moment genauso Feuer und Flamme gewesen. Seit Jahren machten sie alles zusammen. Jedes Buch, welches Susy las, musste Hannah auch lesen. Obwohl sich die beiden Mädchen äußerlich nur wenig ähnelten, weil Hannah schwarze Haare und sehr dunkle Haut hatte und Susy leuchtend rotes Haar und so helle Haut besaß, dass sie im Sommer ständig Sonnenbrand bekam, fingen die anderen an, sie als Zwillinge zu bezeichnen.

Beide transformierten in den Wochen nach Susys magischer Entdeckung im Netz. Ihre

Kleidung wurde dunkler und ähnelte immer mehr Wednesday aus der Fernsehserie. Sie bevorzugten jetzt schwarz mit einigen Akzenten aus weiß und lila. Spinnen und Schlangen wurden zu ihren Lieblingstieren und sie bestellten sich Stifte, Lineale und Radiergummis für die Schule, die aussahen wie die Utensilien der Hexen aus den alten Filmen. Sie schauten sich jeden Film über Hexen an, den sie finden konnten. Sie sahen sogar die, die erst ab achtzehn waren. Sie bestellten sich magische Bücher und eine Biografie von einem alten Hexer, welcher der Erfinder der modernen Hexerei sein sollte. Gardner war sein Name und sein Buch der Schatten veränderte ihre Blicke auf die Welt für immer.

Die Türglocke schrillte zum fünften Mal. Hannah stand sicher unten und wartete. Sie war immer pünktlich. In diesem Punkt waren sie total verschieden. Susy schnappte sich ihren neuen Rucksack, der die Form einer Fledermaus hatte und rannte die Treppe runter. Außer ihr war das Haus schon leer. Mama und Papa waren arbeiten. Mama war noch bei der Nachtschicht im Krankenhaus und Papa sicher schon im Auto unterwegs. Susy zog sich ihre schwarzen Stiefel an und öffnete die Haustür.

„Hex! Hex! Hex!", lachte Hannah, „du bist offiziell die sexy Superhexe aus dem lahmen Muggelland!"

Susy umarmte Hannah kurz und gab ihr einen Kuss auf die Wange. Dann glitt sie an ihr vorbei in Richtung Gartentor. Der Bus würde nicht auf sie warten, zumindest so lange nicht, wie sie keinen Zauber kannte, mit welchem sie die Zeit anhalten könnte. Hannah folgte ihr mit flinken Schritten. Der Bus war wie üblich rappelvoll. Viel zu viele ihrer Klassenkameraden fuhren mit dem Bus, sogar Anton mit seiner nervigen Clique. Susy mochte ihn nicht. Denn sie dachten, sie wären die Allercoolsten, weil sie alle im Basketballteam waren. Deswegen zogen sie die anderen Teenager immer mit doofen Sprüchen auf. Seitdem Susy und Hannah sich entschieden hatten, Wiccahexen zu sein, machte Anton besonders viele Witze über sie.

„Oh, unsere wandelnden Särge geben sich die Ehre", nölte Anton, als sich Susy im Gang an ihm vorbeidrängelte. Er regte sie wirklich auf. Aber am meisten regte sie sich darüber auf, dass es Hannah kaum störte, weil sie Anton ziemlich süß fand. Wie immer gab es keinen freien Platz zum Sitzen mehr. Also hielten sie sich an den Stangen fest und warteten bis der Bus vor der Schule hielt.

Die ersten Regentropfen trafen Susys Nase, als sie aus dem Bus stieg. Sie liebte Regen. Die Tage mit dicken Wolken waren ihr die liebsten. Auch jedes Gewitter zauberte ein Lächeln in ihr Gesicht. Die absolute Krönung war natürlich Nebel. Seitdem Susy gelesen hatte, dass der Nebel das magische Tor zur Andernwelt der alten Kelten öffnete, hoffte sie jedes Mal durch ihn endlich die echte magische Welt betreten zu können.

In der ersten Stunde gab es Bio mit Herrn P. Er war der jüngste Lehrer der Schule und jedes Mädchen war scharf darauf in seiner Klasse zu sitzen. Auch Hannah und Susy fühlten so. Herr P. kam gerade erst von der Uni und erzählte oft von den wilden Partys seiner Studienzeit. Susy genoss ihre erste Stunde; das war auch dringend nötig, denn danach folgte eine Doppelstunde Mathe bei Frau K. und das war viel schlimmer als ein gruseliger Horrorfilm. Eigentlich hatte sie Mathe früher gemocht. Zahlen gefielen ihr einfach. Doch seitdem sie mit Frau K. Mathe hatten, war ihr die Lust verloren gegangen. Allerdings spielte das überhaupt keine Rolle mehr. Durch Wicca hatte sie die magische Seite der Zahlen entdeckt. Sie war in allen Hexenschulen sehr wichtig und nannte sich Mathemagie.

Alles hatte eine besondere Bedeutung im Wicca-Universum: jedes Kraut, jeder Stein und sogar jede Zahl. Hannah und Susy machte es mehr Spaß, sich Gedanken über die magische Qualität der Zahlen zu machen, als Frau K. zuzuhören, wie sie stundenlang über Formeln quasselte. Überhaupt machte die Hexerei mehr Spaß als der langweilige Schulstoff. Susy hatte begonnen davon zu träumen, wie sie später mit Hannah einen Hexenshop in einer großen Stadt eröffnen würde. Dann müssten sie nie wieder etwas anderes tun, als sich mit Magie zu befassen. Dann könnten sie auch einem Hexencoven beitreten.

Doch bis dahin dauerte es noch sehr lange. Susy fiel es schon schwer, bis zum nächsten

Klingeln zu warten, während Frau K. vorne nervte. Bis sie alt genug wäre, um woanders hinzuziehen, würden noch Jahre vergehen. Das war zu lange. Susy musste sich dringend etwas einfallen lassen.

„Wir brauchen schnellstens einen Coven!", sagte sie zu Hannah während der nächsten Hofpause.

„Klar, aber der nächste ist wahrscheinlich mehrere Stunden entfernt", sagte Hannah schulterzuckend.

„Oh Hannah!", reagierte Susy genervt, „wir können doch nicht warten, bis wir alt genug sind, um hier wegzuziehen. Das sind noch Jahre. Wir müssen uns jetzt was einfallen lassen. Schließlich sind wir echte Hexen und wir brauchen einen Coven!"

Hannah sah Susy mit großen Augen an. Sie wusste, wie Susy war. Wenn sie eine ihrer Eingebungen hatte, bekam sie immer diesen Tunnelblick und beschäftigte sich mit nichts anderem mehr. Deshalb wusste sie nicht, was sie sagen sollte. Denn Susy konnte extrem dickköpfig und stur sein. Es war unmöglich, ihr irgendwas auszureden, wenn sie es sich in den Kopf gesetzt hatte. Weder war Hannah dazu in der Lage, noch Susys Eltern.

„Was sollen wir denn tun?" fragte Hannah zweifelnd, nachdem ihr klargeworden war, dass es sinnlos war, Susy zu widersprechen.

„Ich habe eine Idee Hannah", sagte Susy mit leuchtenden Augen, „komm am Freitag zu mir und wir befragen das Ouija Brett!"

Hannah starrte Susy fassungslos an. Dieses Ouija Brett war gefährlich. Sie hatten erst vor ein paar Monaten herausgefunden, wofür es da war: Es war ein Tor, um mit den Geistern zu sprechen. Naiv wie sie waren, hatten sie es sofort ausprobiert, als das Paket mit dem Ouija Brett angekommen war, dass sie sich bei einem Hexenshop online bestellt hatten. Hannah hatte unbedingt wissen wollen, ob Josh aus Antons Clique auch auf sie stand. Seit Wochen war sie in ihn verknallt, weil seine Eltern aus Japan kamen und er aussah wie ihre Lieblingssänger aus dem K-Pop und J-Pop. Doch es war komplett schiefgegangen.

Sie hatten das Brett ausgepackt, den kleinen Schieber auf das Brett gelegt und ihre Finger auf das Brett gelegt, wie es die Anleitung im Internet gezeigt hatte. Tatsächlich hatte der

Schieber sein Eigenleben entwickelt und war wild übers Brett gewandert, als sie Fragen stellten. Sie hatten Kontakt zum Geist eines alten Professors gefunden. Leider war der kein netter Geist gewesen und schien aus einer Zeit zu stammen, als Rassismus noch normal gewesen war. So hatte er Gift und Galle gespuckt, als Hannah ihn nach Josh gefragt hatte. Sie hatten sofort aufgehört, als sie gemerkt hatten, was für ein mieser Typ dieser Professor war. Doch leider hatte ihr Experiment mit dem Ouija Brett schreckliche Folgen.

Denn zwei Tage später erreichte sie eine schreckliche Nachricht: Josh hatte sich beim Basketball Training extrem schwer verletzt. Bei einem Sprung war er falsch gelandet und hatte sich das Knie gebrochen. Hannah und Susy waren kreidebleich geworden, als sie davon gehört hatten. Vor allem weil Hannah genau wusste, dass ihm das noch nie bei einem Sprung passiert war. Sie waren so sehr entsetzt gewesen, dass sie sich geschworen hatten, das Brett nie wieder zu benutzen.

„Susy! Bist du verrückt?", stotterte Hannah, „hast du vergessen, was beim letzten Mal passiert ist?"

Doch Susy ließ sich nicht abwimmeln und sie war nicht bereit zurückzurudern. Sie gab zu, dass beim ersten Versuch alles schief gegangen war. Aber sie hatte viel gelesen und im Internet nächtelang recherchiert. Jetzt war sie sich sicher, wie sie das Ouija Brett gefahrlos benutzen konnten, ohne dabei weitere Unfälle zu verursachen. Sie schwor Hannah, dass sie sich nur an die Regeln halten müssten, dann würde niemand mehr verletzt werden.

Hannah hörte aufmerksam zu. Der Unfall von Josh war ihr nahegegangen. Seitdem er im Gips durch die Gegend humpelte, verhielt sie sich noch schüchterner, wenn sie ihn traf. Denn sie fühlte sich schuldig, weil ihr Ouija Experiment Schuld an seinem Zustand war. Trotz der Tragik hatte das Ganze auch einen Vorteil gehabt: Denn seitdem waren sie sich sicher, dass Magie funktionierte. Vorher war alles nur ein lustiges Spiel mit der Fantasie gewesen. Doch Joshs Unfall hatte bewiesen, wie viel Macht in der Welt der Magie steckte.

2

Am nächsten Freitag wollten sie das Ouija Brett erneut befragen. Bis dahin dauerte es noch drei Tage. Während Susy die Vorfreude immer nervöser machte, wuchs bei Hannah die Angst. Denn sie wollte dem verrückten Professor kein zweites Mal begegnen. Joshs Unfall tat ihr immer noch leid. Sie waren sich zwar nicht sicher, ob der Professor noch einmal zuschlagen könnte. Hatten sie ihm ein Tor geöffnet, das er nur einmal passieren konnte oder konnte er wiederkommen? Der einzige Trost bestand darin, dass seitdem nichts schlimmes mehr passiert war. Diese Woche hatte ihr Josh sogar verraten, wie gut die Heilung verlief. Wahrscheinlich war er in einigen Monaten wieder fit und einsatzbereit.

Susy sprach überraschend wenig mit ihr. Das hieß selten etwas gutes. Normalerweise quasselte sie immer und überall wie ein Wasserfall. Wenn sie zu ruhig war, bedeutete das, dass sie etwas ausbrütete. Meist spuckte sie es dann ein paar Tage später aus. Hannah war dann meist überrascht, wie detailliert sie war und wie viele Möglichkeiten sie im Kopf durchspielte. Hannah war sich nicht sicher, ob irgendwo in Susys Kopf ein Roboter mit grenzenloser Rechenleistung saß.

Freitag rollte näher. Als dann Donnerstag die Sonne untergegangen war, lag Hannah hellwach in ihrem Bett. Heute nach der Schule hatte sie noch einmal versucht Susy alles auszureden. Bei so einem Dickkopf wie Susy hatte sie natürlich auf Granit gebissen. Wenn sie sich etwas in den Kopf gesetzt hatte, konnte keiner sie davon abbringen. Der Mond schien durchs Fenster. Draußen war es stürmisch. Der Wind peitschte die Wolken am Himmel. Manchmal verdeckten sie den Mond. Doch wenn er zwischen den Wolken hindurchguckte, dann warf er lange Schatten in ihr Zimmer. Hannah setzte sich aufs Fensterbrett. Sie sah zum Himmel hoch und seufzte.

Der Wecker schrillte scharf. Sie wusste nicht mehr, wann sie wieder in ihr Bett gegangen war. Der Mond hatte sie sanft gestreichelt und ihr die Hoffnung zurückgegeben. Sicher hatte Susy recht. Es war beim ersten Mal nur schiefgegangen, weil sie keinerlei Ahnung gehabt hatten. Und man konnte vieles über

Susy sagen, aber sie war wirklich schlau: Wenn sie meinte, dass sie dieses Mal wusste, wie sie Zwischenfälle vermeiden könnten, dann musste da was dran sein. Also zog sich Hannah an, schminkte sich die Lippen lila und die Augen pechschwarz und stiefelte zu Susys Haus.

„Hallo Hannah!" Zu ihrer Überraschung wartete Susy schon sitzend auf der Veranda ihres Hauses. Das tat sie nur, wenn sie nicht geschlafen hatte, weil sie die ganze Nacht im Internet wild recherchiert hatte. Unter Susys strahlenden Augen erkannte Hannah die Krähenfüße. Sie war total übermüdet und sicher in ihrem üblichen Rausch. Trotzdem sprang sie auf und rannte zum Gartentor. Hannah hechtete ihr hinterher.

Die Schule war wie immer. Leider hatten sie kein Bio mit Herrn P. Dafür gab es Doppel-Mathe und Doppel-Sport. Das war kein guter Stundenplan für zwei Junghexen. Nur Musik, Kunst und Schauspiel zu haben, wäre ihnen lieber gewesen. Doch leider war alles vom Schulamt vorgeschrieben. Deshalb quälten sie sich durch den Tag, bis sie es endlich zur großen Mittagspause schafften.

„Bist du bereit für unser magisches Ritual?", fragte Susy strahlend.

„Ich habe meiner Mutter Bescheid gesagt, dass ich heute bei dir schlafe. Sie hat kein Problem damit."

„Das meine ich doch nicht", erwiderte Susy abwehrend und fuhr energisch fort: „Ich meine, ob du bereit bist für unsere Nacht! Ich weiß, du bist noch skeptisch wegen Josh und dem irren Professor. Aber ich schwöre dir, das war nur ein Anfängerfehler. Das passiert uns nicht nochmal!"

Hannah nickte unsicher.

Sie quälten sich durch die letzte Stunde Englisch beim Schulrektor. Obwohl er der langweiligste Lehrer der Welt und jede:r kurz vorm Einschlafen war, rissen sich bei ihm alle zusammen. Denn er war dafür bekannt, schnell jeden Fehler den Eltern zu verpetzen, was immer Stunk zur Folge hatte. Also hatten Susy und Hannah lächelnd mit großen Augen dagesessen und alle paar Sekunden sehnsüchtig auf die Uhr gestarrt. Die Zeit kroch wie eine Schnecke. Hannah wünschte sich so sehr, einen Zauber zu kennen, der die Zeit beschleunigen konnte. Dann klingelte es endlich. Jede:r sprang auf und rannte ins Wochenende.

Bevor sie zu Susy gingen, machten sie noch einen Abstecher in die große Shoppingmall am Marktplatz. Susy brauchte noch einige Gegenstände für das magische Ritual. Zuerst gingen sie in den Geschenkladen, der neben dem Eingang lag und kauften mehrere große Kerzen und ein schwarzes Samttuch. Im Ökoshop kauften sie sechs Packungen mit Samen der Brennnessel und beim Asiashop im Keller kauften sie Räucherstäbchen. Dann holten sie sich noch Chipstüten, Salat und Schokolade, bevor sie sich auf den Heimweg machten.

Susys Eltern waren immer zuckersüß. Ihre Mum hatte indisches Curry gekocht und ihr Vater war wie üblich dabei, coole Witze zu machen. Hannah wurde für einen Moment traurig, weil ihre Eltern sich getrennt hatten. Doch ein guter Witz von Susys Vaters ließ sie den Schmerz vergessen. Susys Haus war längst zu ihrem zweiten Zuhause geworden. Aus Spaß bezeichnete Susys Mum sie schon als ihre verhexte Adoptivtochter. Alles war wunderbar wie immer, nur Susy war auffällig ruhig. Auch ihren Eltern entging das nicht:

„Meine liebe Tochter, wenn du so ruhig bist, dann hext du doch bestimmt etwas aus!"

„Nein, nein Vater! Ich denke nur über ein Projekt aus der Schule nach, an dem ich und Hannah arbeiten."

„Über die Schule denkst du nach?", fragte ihre Mum kichernd und zog mit ihrem Finger ihr rechtes Augenlid runter. Dann lachten alle, weil jede:r wusste, dass es unmöglich war, dass sich Susy am Freitag den Kopf über die Schule zerbrach.

Susys Eltern vertrauten ihr jedoch. Trotz ihrer Verrücktheiten wusste sie genau, wo die Grenze war. Hannah wünschte sich, dass ihre Mutter ihr genauso vertrauen würde. Doch bei jeder Kleinigkeit wurde sie misstrauisch. Allerdings nur bei ihr, während ihr großer Bruder alle Freiheiten bekam, die er wollte.

Direkt nach dem Essen verzogen sie sich nach oben auf Susys Zimmer. Susy ließ sich in ihr schwarzes Himmelbett fallen (Es war einst weiß gewesen, aber sie hatte es vor ein paar Monaten neu lackiert) und Hannah setzte sich in den breiten Ohrensessel. Sie schalteten den Laptop ein, um einige Folgen ihrer Lieblingsserie zu bingen. Für das Ouija Brett war es noch zu früh. Sie wollten warten bis die Sonne unterging und Susys Eltern im Bett waren. Da fiel Hannah erneut auf, wie schweigsam Susy war.

Endlich hörten sie, wie unten der Fernseher ausging und sich die Schlafzimmertür unten schloss. Susys großes Zimmer lag im oberen Dachboden. Das war ihr Glück, denn solange sie nichts direkt über dem Schlafzimmer von ihren Eltern machten, würden sie überhaupt nichts mitkriegen. Susy schaltete den Laptop genau in dem Moment aus, als sie unten die Schlafzimmertür gehört hatten. Dann schloss sie die Luke zum Dachboden, damit niemand sie unten hören konnte.

Plötzlich verwandelte sich Susy in einen Wirbelwind. Im Nu räumte sie einen großen Bereich auf dem Boden frei. Sie holte das große Samttuch und breitete es aus. Dann zog sie aus der verzierten Holzkiste, die unter ihrem Bett versteckt war, das Ouija Brett heraus und legte dieses auf das Samttuch. Hannah drückte sie die Kerzen in die Hand und erklärte ihr, wo sie die Kerzen aufstellen und anzünden sollte. Als endlich alles fertig war, nahm sie die Brennnesselsamen.

„Mit den Samen ziehen wir einen magischen Bannkreis, um uns zu schützen. Die Samen der Brennnessel haben die Kraft, die bösen Geister zu vertreiben!"

Sie öffnete den ersten Beutel mit den Samen und gab Hannah den zweiten. Dann begann Susy einen Kreis um das Samttuch zu ziehen. Hannah zog den Schutzkreis in die andere Richtung. Als sie sich trafen, lächelten sie. Der Bannkreis hatte eine perfekte Form. Sie waren sich sicher, dass es kein fieser Geist, besonders nicht der Geist des Professors, schaffen würde, in den Kreis einzudringen.

„Mir ist bewusst geworden", erklärte Susy nachdenklich, „dass wir beim letzten Mal die falschen Mächte angerufen haben."

„Wie meinst du das denn?", fragte Hannah unsicher.

„Naja", erwiderte Susy, „wie wollen einen Coven finden und welcher Geist wird uns dabei am besten helfen?"

In diesem Moment ging Hannah ein Licht auf. Sie lächelte und beide sprachen im Chor: „Gerald Gardner!"

„Sein magischer Name ist übrigens Scire", ergänzte Susy, „und damit sollten wir ihn auch anrufen!"

Hannah schluckte eingeschüchtert. Susy hatte anrufen gesagt, aber damit hatte sie nicht ihr Handy gemeint. Sondern sie waren wirklich wieder kurz davor einen Geist anzurufen, dabei war es noch gar nicht so lange her, als sie sich geschworen hatten, das nie wieder zu tun. Allerdings musste sie auch zugeben, dass sie diesmal besser vorbereitet waren. Die Kerzen, das Samttuch und die Brennnesselsamen wirkten. Falls es wirklich klappte, dann wäre es das Coolste überhaupt.

Susy holte ihr eigenes Buch der Schatten aus dem Regal hervor. Darin hatte sie alle Erfahrungen als Wiccahexe aufgeschrieben. Auch Hannah hatte ein Buch der Schatten. Es lag zuhause, versteckt unter ihrem Bett, gut verschlossen in einer kleinen Kiste. Den Schlüssel trug sie immer um ihren Hals, damit ihr Bruder und ihre Mutter ihn nicht in die Hand bekämen. Besonders ihr Bruder würde sie wochenlang damit aufziehen, wenn er herausfand, wie ernst sie die Magie nahm.

Schon jetzt wurde er immer unausstehlicher. Sie hatte keine Lust auf den Super-Gau.

Susy legte ihr Buch der Schatten neben das Ouija Brett. Dann nahm sie den Kelch und den gebogenen Dolch, welchen sie sich im Internet bestellt hatte und füllte den Kelch mit Kirschsaft. Dann tauchte sie den Dolch in den Kirschsaft und hielt ihn in die Luft:

„Wir schließen den magischen Kreis. Kein Geist wird ohne Erlaubnis die Macht haben, in unseren Kreis zu treten."

Hannah erschrak kurz bei dem Wort Geist, es erinnerte sie sofort an den verrückten Professor. Diesmal jedoch war alles anders. Susy erklärte, dass sie herausgefunden hatte, dass der Dolch die Kraft besaß, schwarze Magie abzuwehren und der Kelch sollte einen Schutzzauber über ihnen errichten und dann hatten sie auch noch die Brennnesselsamen. Hannah atmete durch, denn sie wollte bereit sein. Schließlich wollte sie eine echte Hexe werden. Kneifen war deshalb nicht möglich.

Ein roter Tropfen tropfte von der Spitze des Dolchs auf den Boden. Susy lächelte. Ihr weißes Make-up, die feuerroten Haare, die schwarz geschminkten Augen und ihre aus dem Internet bestellten Hexensachen ließen sie wirklich wie eine Hexe aus dem alten Salem aussehen, dachte Hannah. Doch sie war auch mit sich zufrieden. Ihre schwarz-lila Klamotten passten wunderbar zu ihrer dunklen Haut. Sie und Susy ergänzten sich perfekt. Jetzt mussten sie nur noch Gerald Gardner dazu kriegen, sie zu einem Coven zu führen.

Susy murmelte einen Schutzzauber, den sie während der Recherche in den alten Büchern gefunden hatte. Hannah breitete die Arme aus, um ihrer Freundin Beistand zu geben und um sich für die Wogen der Magie zu öffnen. Dann gab Susy das Zeichen, damit sie sich vor das Ouija Brett setzten. In seinem Kastanienbraun glänzte es im fackelnden Schein der Kerzen. Hannah kniete sich links vor das Brett und Susy rechts.

„Bist du bereit Hannah?", fragte Susy mit funkelnden Augen.

Hannah schluckte verlegen: Sie war bereit, zumindest hatte sie das gedacht. Doch genau jetzt wirkte es wie beim ersten Mal, als sie den Geist des verrückten Professors getroffen hatten. Sie wollte nicht, dass Josh noch mehr leiden musste. Allerdings konnte sie jetzt keinen Rückzieher mehr machen. Sie musste vertrauen, dass die Schutzzauber diesmal die bösen Geister fernhielten. Deshalb nickte sie stumm. Ein zurück gab es nicht mehr. Der Schutzkreis war gezogen und das Brett lag bereit. Es konnte losgehen. Für sie selbst war sowieso nicht viel zu tun. Susy übernahm die Führung; Hannah musste nur ihre Finger auf dem Schieber platzieren. Dann begann Susy mit den magischen Fragen:

„Wir rufen dich Scire!", sprach sie mit tiefer Stimme, „wir sind zwei Hexen mit reinem Herzen und bitten dich um deine Hilfe: Zeig uns den Weg zu unserem Hexencoven!"

Stille! Eine gespenstische Ruhe folgte Susys magischer Ansprache. Außer dem dumpfen Miauen einer Katze, die draußen im Garten sein musste, passierte nichts. Hannah sah ungeduldig auf den Schieber. Dann schielte sie verlegen zu Susy. Die schien keineswegs ungeduldig zu sein. Ihre Augen glühten im Kerzenschein und ihr Hexenlächeln wirkte eingefroren. Als immer noch nichts passierte, wiederholte Susy ihren Spruch. Statt seines magischen Namens benutzte sie dieses Mal

Gerald Gardners normalen Namen. Wieder passierte nichts. Also wiederholte Susy ihre Bitte ein drittes Mal.

Plötzlich schlug ein Ast scheppernd gegen das Fenster. Starr sahen die beiden Mädchen zum Fenster und hofften, dass es der Wind gewesen war. Auf einmal begann sich der Schieber auf dem Brett zu bewegen. Trotz des Schreckens hatten sie die ganze Zeit die Finger nicht von dem kleinen Schiebebrett genommen. Jetzt schob sich das kleine Ding wie von Geisterhand gesteuert über das Ouija Brett und lief einen Buchstaben nach dem anderen an. In Zeitlupe sahen sie zu, wie sich zwei Wörter formten.

„K. R.", buchstabierten sie laut, bis das Wort Krieger entstand. Dann begann das zweite Wort. Es war deutlich länger.

„Denkmal", flüsterte Hannah verwirrt.

„Es meint Krieger und Denkmal?", flüsterte Susy, „was meinst du damit Gerald?" Trotz ihrer neuen Frage blieb der Schieber reglos liegen. Nur in Hannah bewegte sich etwas. Sie war sich nicht sicher, aber diese beiden Wörter lösten etwas in ihr aus. Sie wusste, dass sie einen Sinn hatten und dann ploppte es auf und ihr wurde klar, was der Geist von Gerald Gardner ihnen sagen wollte:

„Das Kriegerdenkmal in der Altstadt", rief Hannah verblüfft, „das ist es; er will, dass wir zu dem Denkmal gehen. Soweit ich weiß, ist es den Soldaten von irgendeinem dämlichen Krieg geweiht. Als ich das letzte Mal dran vorbeigefahren bin, wuchs das Unkraut wild. Niemand kümmert sich um das alte Ding. Vielleicht gibt es dort ein geheimes Zeichen, das uns zu unserem Coven führt."

Susy strahlte über beide Ohren, während sie jedes von Hannahs einleuchtenden Worten aufsaugte wie ein Staubsauger.

3

Susy sah endlich wieder Licht: Wochenlang hatte sie daran gezweifelt, jemals ihren Coven zu finden. Die letzte Nacht hatte alles verändert. Das Ouija Brett hatte ihnen ein Zeichen gesandt. Während sie weiter ihre Zähne putzte, dachte sie auch über ihre Freundin Hannah nach, denn in dieser Nacht hätte viel schiefgehen können. Zum Glück war alles gut gegangen. Der irre Professor war nicht erschienen. Das lag sicher an ihrer guten Vorbereitung. Diesmal hatten sie einen Schutzkreis gehabt, der alle bösen Kräfte fern gehalten hatte; hoffte Susy zumindest.

Als sie zurück in ihr Zimmer kam, lag Hannah immer noch im Bett und schlief tief und fest. Statt sie zu wecken, setzte sie sich vor ihren großen Spiegel und begann ihr kosmetisches Hexenwerk. Zuerst kam das weiße Puder, dann der schwarze Kajal und der lila Lidschatten. Sie musste heute perfekt aussehen, denn was immer sie am Denkmal erwartete, sollte sofort sehen, dass sie Hexen waren.

Ein Gähnen riss sie aus ihren Gedanken. Susy schielte am Spiegel vorbei und sah, dass Hannah sich streckte. „Zauberhaften guten Morgen meine liebste Hexenfreundin", kaum dass sie das gesagt hatte, erhob sie sich vom Hocker, sprintete zum Bett und sprang mit einem weiten Satz hinein. Federnd landete sie neben Hannah.

„Susy! Ich will schlafen!", stöhnte Hannah müde.

„Morgenstund hat Zauberkraft im Mund!",
antwortete Susy und kitzelte Hannah ab. Die
kreischte und rollte sich zur Seite, bis sie aus
dem Bett plumpste. Lachend landete sie auf
dem Boden. Der dicke Teppich vor Susys Bett
fing sie weich auf.

„Deine schwarze Kitzelmagie funktioniert
bei mir nicht", lachte Hannah laut auf, „mein
Abrakadabra-Schutzzauber ist stärker!"

Lachend verabschiedete sich Hannah ins
Bad. Susy sah ihr hinterher und war wieder
einmal froh, in Hannah eine Gleichgesinnte
gefunden zu haben. In ihrer ganzen Schule
gab es keine, die sich für Magie interessierte.
Eine höhere Macht hatte sie sogar in die
gleiche Klasse gesteckt. Es war magisch.
Sinnierend ließ sie sich ins Bett fallen und
starrte an die Decke. Hannah würde einige
Zeit im Bad brauchen. Sie war morgens sehr
langsam. Somit hatte Susy genug Zeit, um
sich einige Dinge klarzumachen.

Das Ouija Brett schickte sie zu einem Ort.
Das war nicht besonders viel. Dafür war es
eindeutig und gab ihnen ein Ziel. Selbst die
Magie war spürbar gewesen, obwohl sie sich
nicht sicher war, ob es der Geist von Gerald

Gardner gewesen war. Schließlich gab es in ihren Hexenbüchern viele magische Wesen, Geister, Götter und Feen. Jedes davon hätte ihnen das Zeichen senden können. Wichtiger war die Frage: Was sie am Kriegerdenkmal erwartete?

Susy hatte sich ein Bild des Denkmals im Internet angesehen. Es war alt und wirkte so, als ob es bald zusammenbräche. Niemand schien sich darum zu kümmern. Zudem stand es im schlimmsten Teil der Stadt. In der Schule erzählten alle, dass die Häuser dort voller Ratten und Kakerlaken waren.

Ihr wurde bewusst, dass das sogar gut sein könnte: Denn wo sonst sollte sich die Magie in dieser Welt verstecken. Besonders auf dem alten Friedhof neben dem Denkmal konnte es verborgene Kraftorte geben. Doch auch Angst mischte sich unter ihre Erwartungen. Im Park neben dem Denkmal versammelten sich die Obdachlosen, hatte Hannah gemeint. Auch wenn ihr diese Menschen leid taten und sie oft mit Hannah darüber nachgedacht hatte, sich in der Suppenküche anzumelden, um den Obdachlosen zu helfen; so machten ihr die Alkoholiker unter ihnen Angst. Unter

Alkohol konnten sie sehr aggressiv werden und das war gefährlich.

Susy wischte den Gedanken weg. Das Ouija Brett wollte, dass sie zum Denkmal gingen. Also gab es keine Wahl: Das Opfer musste erbracht werden. In den alten Hexenbüchern stand, dass es früher üblich gewesen war, vor jedem Hexenritual ein Opfer zu bringen. Was wären sie also für Hexen, wenn sie bei jeder kleinen Gefahr kneifen würden?

„Träumst du?", fragte Hannah amüsiert, als sie aus dem Bad kam.

„Nein! Ich denke über das nach, was uns das Ouija Brett gezeigt hat."

„Klar! Ich auch. Mir ist ein bisschen mulmig im Magen", gab Hannah zu, „wenn ich an das alte Denkmal denke. Es steht in einer üblen Gegend."

„Für unseren Coven bin ich bereit ein Opfer zu bringen!", erwiderte Susy selbstbewusst.

Nachdem sich Hannah mit lila Lippenstift und pechschwarzem Lidschatten geschminkt hatte, stiegen sie die Holztreppe runter und gingen in die Küche. Susys Eltern waren Frühaufsteher und hatten längst gegessen. Beide werkelten schon im Garten in ihren

Beeten herum. Das Frühstück stand noch auf dem Küchentisch. Susy hatte ihre Eltern gut erzogen, denn sie hatten sich auf ihren Tagesrhythmus eingestellt. Hannah setzte sich zuerst, während Susy zum Kühlschrank ging und frisch gepressten Saft holte.

„Der Saft deiner Mum schmeckt toll", lachte Hannah.

„Ja", erwiderte Susy wenig interessiert, „sie steht auf dieses Biozeug. Bei ihr muss alles frisch und gesund sein."

Hannah lachte verlegen und genoss den Rest des Essens. Auch Susy setzte sich dazu. Sie schlang einen Bissen runter, kaute und stoppte. Für einige Momente starrte sie zur Decke. Dann startete sie zu einem ihrer berühmten Monologe. Hannah kannte das Ritual bereits. Sie versuchte weder Susy zu stoppen, noch ins Wort zu fallen. Tatsächlich war vieles von dem, was sie sich überlegte, interessant; also hörte sie aufmerksam zu.

Dem Ouija Brett galt Susys erster Gedanke. Die Magie des gestrigen Abends war echt gewesen. Dieser Erfolg hatte bewiesen, dass sie immer bessere Junghexen wurden. Dann wandte sie sich dem Denkmal zu. Hannah verlor schnell den Überblick über die ganzen Theorien, die Susy durchkaute. Ihr Fazit fiel zum Glück knapp aus: Eine Antwort konnten sie nur direkt beim Denkmal finden. Deshalb mussten sie sofort dorthin.

Kaum dass Susy das gesagt hatte, schlang sie sich den Rest ihres Frühstücks runter. Hannah hatte ihr Sandwich schon gegessen und trank den Rest des Fruchtsaftes. Sie räumten den Tisch ab, stellten den Rest wieder in den Kühlschrank und das dreckige Geschirr in den großen Geschirrspüler. Dann packten sie ihre Rucksäcke und holten die Fahrräder aus der Garage. Sie rollten die Bikes auf die Straße, setzten die Helme auf und fuhren los.

Susys Eltern winkten ihnen lächelnd nach. Um zum alten Kriegerdenkmal zu gelangen, mussten sie einmal quer durch die Stadt radeln. Sie nahmen den Weg am Rathaus vorbei und durch den großen Stadtpark. Direkt hinter dem Park begann der verruchte Teil der Altstadt. Überall sonst glänzte die Stadt. Aber dort war alles verblasst. An vielen Stellen bröckelte der Putz von den Wänden. Es fröstelte die Mädchen, als sie den Park verließen. Kaum einer aus ihrer Klasse ging freiwillig in diesen Stadtteil. Doch die beiden hatten keine Wahl. Falls sie ihren eigenen Hexencoven wollten, mussten sie zum alten Kriegerdenkmal, um zu erfahren, was das Ouija Brett meinte.

Vorsichtig fuhren sie durch die löchrige Straße vorbei an den graubraunen Altbauten. Sie kamen am alten Friedhof vorbei. Die verrosteten Gitterstäbe des Zauns erinnerten an Speere aus einer vergangenen Zeit. Efeu und Ranken krochen die dicken Pfeiler des großen Tores hoch, durch welches man den Friedhof betreten konnte.

Als nächstes sahen sie den Platz, auf dem die vielen Obdachlosen lebten. Mehrere Zelte standen darauf und in einer Tonne brannte ein rauchiges Feuer. Fünf dunkle Gestalten saßen um die Tonne herum. Hannah sah ängstlich rüber und Susy beschleunigte ihr Fahrrad. Sie wollten schnell weiter. Endlich sahen sie das Denkmal. Es stach wie eine Nadel in den Himmel. Seine Form sollte an einen Obelisken aus dem alten Ägypten erinnern. Am Sockel war eine Gedenktafel angebracht, die an die gefallenen Soldaten erinnerte und oben auf der Nadel saß ein steinerner Adler, welcher einschüchternd zu ihnen runterblickte.

„Schon gruselig", grunzte Hannah, „findest du nicht?"

„Nein!", sagte Susy selbstsicher, „Menschen sind gruselig. Sie ziehen sich grässliche Uniformen an, schießen sich tot und heulen dann über die, die draufgegangen sind. Voll dämlich. Die könnten sich einfach zusammen setzen und ihre Probleme friedlich lösen."

Sie waren von ihren Fahrrädern abgestiegen und standen jetzt direkt vorm Denkmal. An den Seiten war es wild zugewuchert. Große Laubbäume ließen ihre schweren Äste über die Büsche hängen, welche direkt neben dem Denkmal wuchsen. Ein Gärtner hatte sich hier seit langem nicht blicken lassen. Aber das gab dem Ganzen einen wilden Vintage-Style wie aus einem ihrer Mangas, dachte Susy.

Hannah löste ihren starren Blick zuerst. Sie klappte den Ständer ihres Fahrrades aus und begann das Denkmal zu untersuchen. Zuerst lief sie zum Sockel. Die Gedenktafel bestand aus altem schwarzen Marmor mit goldener

Inschrift. Der Stein drum herum war rau und grau. Sie strich mit ihren Fingern über die Buchstaben, danach über den nackten Stein. Als sie nichts fand, tastete sie den Rest des Sockels ab. Sie kämpfte sich durch das Gestrüpp einmal um das Denkmal herum. Auf jede mögliche Stelle drückte sie in der Hoffnung, dass dahinter irgendein geheimer Schalter oder Fach verborgen lag, indem sie einen Hinweis finden würde, welcher sie zu ihrem Coven führte.

„Sucht ihr einen Schatz?"

Die Stimme war aus dem Nichts gekommen. Susy und Hannah sahen sich überrascht an. Jede sah sich um, um herauszufinden, woher die Stimme gekommen war. Es war nichts zu sehen. Da war das Denkmal, das Gestrüpp und die Bäume. Sonst war da nichts.

„Vielleicht war das der Geist von Gardner", flüsterte Hannah ängstlich, „der uns hierher geführt hat?"

Susy überlegte kurz, dann rief sie: „Hey du! Bist du der Geist des Ouija Brettes?"

Nichts geschah.

„Vielleicht muss er mit einem Zauberspruch beschworen werden, bevor er uns antworten kann?", flüsterte Hannah weniger ängstlich.

„Hm", überlegte Susy; „das ist gut möglich." Dann rief sie laut: „Abrakadabra. Abraxas. Höre Geist und erscheine! Geist erscheine! Geist erscheine!"

„Seid ihr verrückt?"

Die Frage war erneut wie aus dem Nichts gekommen. Die beiden Mädchen sahen sich lächelnd an. Ihre kleine Beschwörung schien geklappt zu haben, auch wenn die Antwort des Geistes merkwürdig war. Diesmal war es Hannah, die sich mutig vorwagte:

„Wir sind nicht verrückt! Wir sind hier, weil wir deinem Zeichen gefolgt sind."

„Was für ein Zeichen?", erwiderte der Geist verwirrt.

„Dein Zeichen, das du uns auf das Ouija Brett geschickt hast. Deshalb sind wir hier. War das Zeichen etwa nicht von dir?", fragte Hannah unsicher.

„Mädels," antwortete die Stimme lachend, „ich weiß nicht, was ihr genommen habt, aber ich habe euch kein Zeichen gesandt!"

Plötzlich raschelte es im Gebüsch rechts neben dem Denkmal. Die Mädchen rissen ängstlich ihre Augen auf. Dann schob sich ein dicker Ast zur Seite und ein Kopf kam zum Vorschein. Es war ein Junge, welcher Hannah an ihre koreanischen Lieblingsbands erinnerte. Sie fing augenblicklich an zu lächeln, denn er sah mit seinen gestylten schwarzen Haaren und seiner schneeweißen Haut zuckersüß aus. In der Hand hielt er einen Block und einen Bleistift. Auf dem ersten Blatt waren Kästchen mit mehreren Figuren zu sehen, die wirkten wie aus einem Manga.

„Also mein Name ist Jimin und ich bin hier, um in Ruhe mein Manga zu zeichnen. Weder bin ich ein Geist, noch habe ich hier jemals einen Geist gesehen!"

Die beiden Mädchen sahen ihn mit offenen Mündern an. Als Susy zu Hannah blinzelte, bekam sie Angst, dass der gleich der Sabber aus dem Mund laufen würde. Denn Jimin war genau ihr Typ. Doch das war gar nicht die Frage. Sie waren hierher gekommen, weil sie das Ouija Brett hergeschickt hatte und jetzt war er wie aus dem Nichts aufgetaucht.

War er etwa die Antwort auf ihre Frage? Susy zögerte nicht länger:

„Glaubst du an Magie Jimin?"

Er schaute sie verdutzt an. Dann lächelte er: „Klar glaube ich an Magie. Neben Mangas ist Magie das, was mich am meisten auf dieser Welt interessiert. Nur an euren Geist glaube ich nicht, falls du das wissen willst!"

Susy lächelte. Die Antwort gefiel ihr. Zwar war Jimin nicht das, womit sie gerechnet hatten. Aber in ihrer kleinen Stadt jemanden zu finden, der auch an Magie glaubte, war außergewöhnlich. Sowieso war ihre ganze Stadt voll von kleingeistigen Langweilern, die total angepasst mit dem Strom schwammen. In ihrer Schule waren sie anders als jede:r andere. Deshalb mussten sie diese Chance ergreifen. Also fragte sie Jimin lächelnd:

„Dürfen wir zwei dich zu einem Bubble-Tea einladen?"

Jetzt lächelte Jimin: „Ich sehe, ihr habt Geschmack Mädels. Natürlich dürft ihr, dann könnt ihr mir auch erzählen, was es mit eurem Geist auf sich hat! Ich muss nur noch meinen Roller aus dem Gebüsch holen."

Während sich Jimin wieder ins Gebüsch verkroch, wandte sich Hannah um und nahm Susy in den Arm:

„Danke meine Beste", sagte sie lächelnd, „das war die beste Idee, die du je gehabt hast. Dieser Junge ist ein Traum. Er sieht aus, als wäre er aus einem Anime entsprungen."

Die Blätter raschelten, ein Ast sprang zur Seite und Jimin tauchte mit seinem Roller wieder auf. Er war schwarz mit neongrünen Rändern und er war mit mehreren witzigen Aufklebern verziert. Jimin lächelte die zwei Hexen an, stieg auf seinen Roller und fuhr los. Die beiden warteten auch nicht länger, sie sprangen auf ihre Fahrräder und fuhren Jimin hinterher.

Sein Roller war elektrisch und sie hatten anfangs Mühe ihn einzuholen. Als sie es geschafft hatten, warf er ihnen einen frechen Spruch zu und erklärte ihnen, zu welchem Bubble-Tea Shop er wollte. Hannah lachte, als sie hörte, dass er zu ihrem Lieblingsshop wollte. Susy rollte die Augen, als sie Hannahs Lächeln sah, was sich da anbahnte, gefiel ihr überhaupt nicht. Sie wollte sich von Hannahs romantischen Gefühlen für Jimin nicht ihren Coven versalzen lassen.

Sie erreichten den Shop. Zu ihrem Glück war es noch vormittags und der Shop nicht so überlaufen wie an den Nachmittagen. Zu ihrer Überraschung lud sie plötzlich Jimin ein. Er selbst nahm einen Tee mit Milch und Tapioka-Perlen, während Susy und Hannah ihren mit Kiwi und Lychee nahmen.

Dann saßen sie an einem Tisch mit großen Barhockern. Jede:r schlürfte ihren Tee, doch keine sagte etwas. Sie waren einfach still und langsam wurde diese Stille unangenehm. Hannah war schüchtern, weil ihr Jimin gut gefiel und Susy wollte ihn nicht überfallen mit ihrem Schwall an Ideen, denn sie wusste, dass die Leute schnell davon überfordert waren und Jimin war ruhig, weil ihm die Situation komisch vorkam.

„Schon lustig", platzte es plötzlich aus Susy heraus, „gestern kannten wir uns noch gar nicht und heute sitzen wir hier wie alte Freunde."

„Wenn du meinst", erwiderte Jimin irritiert, „aber eigentlich sind wir hier, weil ihr mir die Geschichte von eurem Geist erzählen wollt!"

„Ach ja, unser Geist", erwiderte Hannah peinlich berührt.

„Mädels", grunzte Jimin genervt, „lasst euch nicht jedes Wort aus der Nase ziehen. Vorhin wart ihr auch nicht so wortkarg. Also erzählt schon, was ihr am alten Denkmal wolltet!"

Susy und Hannah sahen sich einen Moment an. Beide wussten instinktiv, dass es besser wäre, wenn Susy die Geschichte erzählte, denn sie konnte reden wie ein Wasserfall und hatte auch Talent, die Leute mit ihren Storys zu fesseln. Also begann sie und zwar ganz am Anfang. Sie begann damit, wie sie einst ihre Liebe zur Magie entdeckt, alles über Wicca und Gerald Gardner recherchiert hatte. Auch die Geschichte mit dem Ouija Brett erzählte sie bis ins Detail. Sie erzählte ihm von dem Unfall wegen des bösen Professors und von dem Zeichen, das sie zum Kriegerdenkmal geführt hatte.

„Wow Ladys", sagte Jimin, als sie fertig war, „eure Geschichte klingt verrückt. Vielleicht sollte ich ein Manga daraus machen."

„Lass den Quatsch", wurde Susy ernst, „wir haben dich am Denkmal gefunden: Also bist du bereit, uns mit dem Coven zu helfen?"

„Na Logo", erwiderte er lächelnd, „auf mich könnt ihr definitiv zählen. Außerdem will ich mich nicht gegen das Ouija Brett stellen!"

Susy fiel Hannahs Lächeln auf. Offenbar hatte ihre Freundin bereits die rosarote Brille aufgesetzt. Bei Josh dem Sportler aus der Schule hatte sie eh keine Chance. Die beiden lebten in verschiedenen Welten. Aber Jimin und sie teilten die Liebe zu Mangas und zur Zauberei. Susy überlegte, ob eine Liaison der beiden ihren Coven gefährden könnte. Das war auch der Gedanke, der sie zurück zum Thema brachte:

„Jimin", sagte Susy mit ihrem breitesten Lächeln, „jetzt da du unsere Geschichte kennst: Wie sieht es aus, gründest du mit uns einen Coven? Wir sind zu dritt und drei ist eine magische Zahl. Es passt alles perfekt zusammen!"

Jimin lächelte und Susy wusste, dass sie ihn für sich gewonnen hatte. Gedanklich sprang sie zurück zum gestrigen Abend. Sie war sich nicht sicher gewesen, was das Ouija Brett ihnen hatte sagen wollen. Sie hatte gedacht einen Hinweis oder ein Rätsel am Denkmal zu finden. Dass sie mit Jimin einen neuen

Hexenbruder finden würden, übertraf ihre Erwartungen. Es war eigentlich unmöglich gewesen, in ihrer kleinen Stadt einen zu finden, der Lust auf einen Coven hatte und sich auch noch dafür eignete. Das Ouija Brett hatte sie jedoch zu Jimin geführt. Alles was noch zu klären war, war wie sie den Coven genau starten sollten.

Sie riss sich von ihren Gedanken los und sah rüber zu Hannah und Jimin. Die beiden vertieften sich in ein Gespräch über Mangas. Hannah rutschte immer näher und saß schon beinahe auf Jimins Schoß. Dem schien es zu gefallen, denn so konnte er Hannah jede Seite seines Mangas ganz genau erklären. Susy rollte mit den Augen. Die romantische Stimmung der beiden war ihr definitiv zu viel. Mit den Worten: „Ich muss kurz frische Luft schnappen", griff sie sich ihren Becher Bubble-Tea und marschierte nach draußen.

Als sie den Laden verließ, lief sie die Straße zuerst unschlüssig auf und ab. Dann suchte sie sich eine Bank am Rand eines kleinen Platzes und lümmelte sich drauf. Ihr Bubble-Tea war fast alle und deshalb schwenkte sie ihn hin und her. Das Geräusch, welches die kleinen Wellen im Becher machten, wenn sie gegen den Rand knallten, lenkte sie kurz ab. Denn ihr fiel keine Antwort auf ihre Frage ein. Sie brauchte dringend einen Geistesblitz; doch ihr Gehirn spuckte nur gähnende Leere aus.

4

Die kommenden Tage verbrachten Susy und Hannah getrennt. Während Hannah jede freie Sekunde mit Jimin verbrachte, war Susy auf Recherche. Zuerst hatte sie sich durch hunderte verschiedene Seiten im Internet geklickt, um alles rauszukriegen, was es zu dem Thema gab. Dann hatte sie sich ein Dutzend Bücher mit Express-Lieferung bestellt. Als das Paket ankam, hatte sie ihre Eltern nur angelächelt und sich dann in ihr Zimmer verzogen.

In der Schule saßen sie zwar zu zweit am Tisch. Aber Susy war geistig nicht anwesend. Einen Unterschied hätte es sowieso nicht gemacht, denn auch Hannah war geistig die ganze Zeit bei Jimin. Alle paar Minuten starrte sie auf ihr Handy, um zu gucken, wie lange es noch dauern würde, bis die Schule endlich aus wäre und sie wieder zu Jimin könnte.

Jimin ging auf eine andere Schule, welche hinter dem schlimmen Viertel mit dem Denkmal lag. Zwischen ihrer und Jimins Schule gab es seit vielen Jahrzehnten einen Konkurrenzkampf. Bei jeder Veranstaltung, ob beim Sport, Theater oder beim Musizieren versuchten sie die andere Schule zu besiegen. Deshalb waren sie sich bisher nie begegnet, denn die Kids beider Schulen waren sich spinnefeind. Weder Jimin noch Susy und Hannah waren große Fans ihrer Schulen. Ihre Mitschüler waren zu oberflächlich. Allen ging es nur um Status und Aussehen. Für die tiefe Kraft der Magie und die Wunder der Natur besaßen sie kein Auge.

Mehrere Tage ging es so, dass sich die zwei Mädchen nach der Schule verabschiedeten und getrennter Wege gingen. Auch heute wollte Hannah gerade losgehen, als Susy sie aufhielt:

„Warte Hannah. Ich komme mit zu Jimin!"

Hannah lächelte verlegen. Susy war sich nicht sicher, ob es ihrer Freundin recht war, dass sie ihr romantisches Stelldichein mit Jimin störte. Aber schließlich hatten sie ihn kennengelernt, weil sie die Magie zusammen gebracht hatte und nicht wegen ihrer neuen Teenagerliebe.

Sie fuhren zusammen zum Denkmal, wo sich die beiden verabredet hatten. Jimin bekam große Augen, als er Susy sah. Doch dann lächelte er und nahm sie in den Arm. Sie fuhren zum nächsten Bubble-Tea Shop und bestellten etwas. Als sie wieder an ihrem Tisch saßen, zeigte er Susy die Fortschritte in seinem Manga, bevor sie das Wort an sich riss:

„Leute, ich habe recherchiert."

Jimin starrte sie mit großen Augen an. Die Energie in ihrer Stimme überraschte ihn, denn seit ihrem Kennenlernen war sie immer in sich gekehrt gewesen. Hannah hingegen lächelte. Sie hatte längst damit gerechnet, dass dieser Moment kommen würde. Immer wenn Susy lange ruhig blieb, hieß das, dass sie über etwas brütete. Früher oder später explodierte Susy dann wie ein brodelnder

Vulkan und ließ alle ihren Gedanken freien Lauf.

Jimin schlürfte verlegen an seinem Bubble-Tea, als ob ihm Hannahs Art zu lachen nicht geheuer wäre. Susy starrte die beiden an. Sie genoss den Augenblick, weil sie der beiden Aufmerksamkeit hatte und sie studierte die Gesichter der beiden, um zu sehen, was in ihnen vorging. Es schien ihr zu gefallen; denn sie lächelte, bevor sie loslegte und ihren beiden Freunden alles erzählte.

„Also Leute hört mir zu", sagte sie mit der Stimme einer Professorin, „nach meinen Recherchen brauchen wir als erstes einen Ort. Ich denke, der beste Ort, um unseren Coven zu gründen, ist der Ort, an dem wir uns gefunden haben. Hinterm Denkmal liegt der alte Friedhof. Von der Straße aus ist er nicht zu sehen, weil die großen Bäume ihn glücklicherweise verdecken. Wichtig ist, dass wir es bei Vollmond machen. Dann ist die magische Energie am stärksten. Wir haben Glück: Bald kommt der nächste Vollmond. Das wird unser perfektes Rendezvous mit der Magie!"

Susy machte eine Pause. Hannah sah zu Jimin und dieser massierte sich die Stirn, als müsse er Susys Vorschlag verdauen:

„Du willst auf dem Friedhof ein Ritual abhalten? Ich weiß nicht, ob das sicher und legal ist?", fragte Jimin ernsthaft.

„Ach Jimin", erwiderte Susy lächelnd und schlug ihm auf die Schulter, „ich habe mir das genau überlegt. In der Gegend, wo das Kriegerdenkmal steht, kümmert sich sowieso niemand darum, was draußen passiert und Verdacht wird auch niemand schöpfen, weil sie alle zu dem Schluss kommen werden, dass es die Obdachlosen sind."

Jimin zog tiefe Denkerfalten in seine Stirn und schaute Susy besorgt an. Die ließ sich jedoch nicht davon abbringen:

„Jimin vertrau mir: Wenn wir uns an alle magischen Regeln halten, kann uns gar nichts passieren. Bei unserem letzten Mal haben wir einen Schutzkreis gezogen und alles hat geklappt. So haben wir das Denkmal und dich gefunden. Diesmal wird auch alles gut gehen. Wir müssen es einfach tun!"

Jimin schien noch immer nicht überzeugt zu sein. Denn sein Gesicht sprach Bände. Da sprang Hannah ihrer Freundin helfend bei. Sanft legte sie ihren Arm um Jimin. Der löste augenblicklich seinen zweifelnden Blick von Susy und verwandelte seine angespannten Lippen in ein verliebtes Lächeln. Auch Susy lächelte, denn in diesem Moment wusste sie, dass ihr erstes magisches Ritual als echter Coven stattfinden würden, denn Jimin war Hannahs magischem Charme hemmungslos erlegen.

Mit einschmeichelnden Worten machte sie Jimin die Idee schmackhaft. Susy passte genau auf. Ihr wurde klar, dass sie sich in den letzten Tagen viel nähergekommen waren, als sie es für möglich gehalten hatte. Es stach in ihrem Herzen ein bisschen vor Eifersucht. Nicht weil sie auch Interesse an Jimin hatte. Nein; er war absolut nicht ihr Typ. Sondern es stach, weil in den letzten Jahren Hannah zu ihrer engsten Vertrauten geworden war. Sie waren zu so etwas wie magischen Hexenzwillingen mutiert. Dass Jimin sich in ihre Beziehung einmischte, machte ihr ein klein wenig Angst. Jedoch wischte Hannahs glückliches Gesicht ihre trübe Stimmung wieder weg. Sie freute sich, dass es ihrer Freundin endlich gelungen war, jemand zu finden, nachdem es mit Josh dem Sportlertypen so schrecklich schiefgegangen war.

Als Hannah ihn endlich überzeugt hatte, wandte sich Jimin wieder Susy zu: „also gut, ich bin dabei. Was müssen wir tun, damit wir anfangen können?"

„Immer ruhig mein Hexenbruder", sagte Susy erleichtert, „es gibt viele Dinge, die wir besorgen müssen und vor allem brauchst du noch einen Umhang."

„Einen Umhang?", fragte Jimin verwundert, „wozu brauche ich einen Umhang? Wenn es kalt ist, ziehe ich mir eine Jacke an!"

Susy schüttelte den Kopf, als ihr klar wurde, wie viel Jimin noch über die Hexerei lernen musste. Deshalb erklärte sie ihm, dass alle Hexen seit den Tagen von Salem Umhänge bei ihren Zusammenkünften trugen. Diese Umhänge waren wie magische Panzer und schützten einen vor dunklen Kräften. Sie und Hannah hatten sich bereits ihre Umhänge genäht. Sie musste nur noch einen für Jimin anfertigen.

„Was ist deine Lieblingsfarbe Jimin?" fragte Susy.

„Grün!", antwortete Hannah statt Jimin wie aus der Pistole geschossen.

„Wow. Ja, das stimmt. Wie cool, dass du dir das gemerkt hast", sagte Jimin mit einem charmanten Augenzwinkern und Hannah lächelte verlegen.

Susy rollte mit den Augen. Bei den beiden Turteltauben war sie definitiv das fünfte Rad am Wagen. Sie erklärte den beiden, dass sie grünen Stoff für den Umhang kaufen würde. Dann stand sie auf, gab Hannah eine lange Umarmung und Jimin eine coole Ghettofaust zum Abschied. Mit ihrem Fahrrad radelte sie bis zum Shoppingcenter und dann in die kleine Gasse daneben, wo das Geschäft vom alten Paul lag.

Der alte Paul war ein knuffiger Typ. Er hatte einen Laden in einem Hinterhof. Im Grunde verkaufte er alles. Es gab Ökoklamotten, alte Bücher, Stoffe und lauter Zeug, dass es so nur bei ihm gab. Manchmal hatte er richtig kleine Schätze im Sortiment. Einmal hatte Susy, als sie mit Hannah zum Stöbern da gewesen war, eine schöne Kette mit dem

Baumsymbol gekauft. Sie hatte sie magisch angezogen und seitdem war sie fasziniert von den Legenden über magische Bäume wie dem Weltenbaum Yggdrasil aus der Welt alter Schamanen.

„Hey Susy! Was treibt dich zu mir?", fragte Paul lächelnd, als die kleine Glocke über der Eingangstür läutete, die immer dann läutete, sobald jemand Pauls Laden betrat.

„Hallo Paul", antwortete sie freundlich, „ich und Hannah haben etwas großes vor." Dann erzählte sie ihm in allen Einzelheiten, was sich zugetragen hatte. Sie ließ kein Detail aus, denn sie vertraute Paul. Er wirkte wie ein alter Kauz, aber er hatte mehr vom Leben verstanden als alle reichen Geschäftsmänner, die in den Büros und im Shoppingcenter arbeiteten. Er war einer der wenigen, der die wahre Magie der Natur spüren konnte. Er praktizierte sogar selbst Hexerei mit seinem Kräutergarten. Denn neben seinem Laden war sein Garten sein zweites Zuhause. Dort hatte er unendlich viele Kräuter gepflanzt, aus denen er Tee für alle Anlässe zauberte; angefangen bei den einfachen Tees gegen Erkältung bis hin zu Liebestränken.

„Grünen Stoff für einen Zauberumhang brauchst du also", murmelte Paul, während er sich aus seinem alten Sessel erhob und nach hinten ging, um in seinem Lager nachzuschauen. Susy nutzte die Zeit, um sich umzusehen, was Paul neues in seinen Laden bekommen hatte. Erst überflog sie den neuen Stapel mit gebrauchten Büchern. Schon oft hatte sie darin kleine Juwelen gefunden. Angefangen bei originellen Ausgaben von Harry Potter bis hin zu richtigen Raritäten. Selbst ihr erstes Buch über Wicca hatte sie hier gefunden. Es hatte den Stein ins Rollen gebracht, welcher ihr Herz für die Hexerei aufgeschlossen hatte.

Heute war nichts dabei. Es gab einen dicken Liebesroman und ein paar Krimis. Aber nichts, was Susys Leseherz höher springen ließ. Sie kämpfte sich weiter durch, bis sie zu den Klamotten kam. Das meiste war wie üblich Zeug für Leute aus dem Altersheim und traf nicht Susys Geschmack. Doch das eine paar Stulpen für die Arme gefiel ihr, weil es lila-schwarze Streifen hatte. Als nächstes kam sie zur Glasvitrine.

Ein Blick genügte und sie war Feuer und Flamme. Neben den silbernen Ringen lag ein altes Kräuteramulett aus, auf dem in geschwungenen Linien der Baum des Lebens eingraviert worden war. Vorsichtig öffnete sie die gläserne Tür und griff ehrfürchtig nach dem Gegenstand ihrer Begierde. Hinten im Laden stand ein alter Spiegel, der mit Holzschnitzereien verziert war. Sie lief durch den schmalen Gang zwischen den Regalen und schwenkte den Spiegel, damit er ihren Hals zeigte. Dann legte sie das Amulett an.

„Es steht dir!"

Überrascht drehte sie sich um. Sie war zu sehr von dem Amulett fasziniert gewesen, so dass sie nicht mitbekommen hatte, dass Paul aus dem Lager zurückgekommen war. In seiner Hand hielt er mehrere Ballen Stoff. Doch das interessierte sie nicht. Das Amulett war spannender.

„Woher hast du das wundervolle Amulett", fragte sie neugierig.

„Ich habe es letzte Woche auf einer Online-Auktion ersteigert. Es soll in sich Salbei, Mistel und Engelwurz tragen. Ich habe sofort an dich gedacht, als ich es gekauft habe."

Susy drehte sich wieder zum Spiegel. Bisher hatte sie das Amulett nur an ihren Hals gehalten. Jetzt öffnete sie den Verschluss der kleinen Eisenkette und legte sie um. Kaum dass sie den Verschluss hinter ihrem Hals geschlossen hatte, spürte sie die Wirkung. Ein Blick in den Spiegel verriet ihr, dass die Kette genau für sie gemacht worden war. Sie musste sie einfach kaufen!

„Paul", schwärmte Susy zufrieden, „du bist der Beste!"

„Danke dir kleine Hexe", antwortete Paul lächelnd, „ich weiß dein Kompliment sehr zu schätzen. Aber lass uns doch jetzt die Stoffe anschauen."

Susy lächelte. Paul war ein Geschenk des Himmels. Er erinnerte sie an den großen Zauberer Merlin aus der alten Artussage und sein Geschäft war wie dessen Turmzimmer, in welchem er die Kräuter mischte und alte Zauberbücher studierte. Wären sie in einem ihrer geliebten Fantasy-Romane, dann würde sie sicher bei ihm als Zauberschülerin in die Lehre gehen.

Beim Blick auf die Stoffballen war ihr sofort klar, welcher ihr Favorit war. Dennoch wollte sie sich alle genau anschauen. Bei einem Zauberumhang ging es nicht nur um das Aussehen. Der Stoff musste sich auch gut anfühlen, damit der Magier sich während der Rituale wohlfühlte. Außerdem besaß jeder Stoff eine magische Aura. Sie musste fühlen, ob ihr Ballen zu ihrer Art Magie passte.

Sie nahm sich den ersten Ballen und rollte ihn ein Stück auf dem Tisch aus. Dann strich sie sanft mit der offenen Hand über ihn und versuchte seine Aura zu fühlen. Sofort war ihr klar, dass dieser Stoff völlig ungeeignet war. Außerdem war sein Farbton schrecklich giftgrün. Also rollte sie ihn wieder auf und griff sich den nächsten Ballen. Paul hatte sich wieder in seinen Sessel gesetzt. Insgesamt testete sie sechs Ballen, bis sie zu ihrem Favoriten kam, den sie sich bis zum Schluss aufgehoben hatte.

Schon als sie den Ballen auf dem Tisch ausrollte, wusste sie, dass es der Richtige war. Die Art wie er über den Tisch rollte, trug eine Art von Aura mit sich, die besser nicht sein könnte für ihr Vorhaben. Dann hielt sie ihre Hand über den ausgebreiteten Stoff und spreizte die Finger. Sie wollte den Stoff noch nicht sofort berühren und schwebte mit ihrer Hand knapp über dem Stoff. Zuerst wollte sie ihn genau spüren, um zu ergründen, welche Energie in ihm steckte.

Das Gefühl überzeugte sie. Es war Zeit für den letzten Test. In Zeitlupe ließ sie ihre Hand sinken. Die ersten Fusseln der Stoffs berührten sie. Ein sanfter Stromschlag durchzuckte daraufhin ihren Körper. Dann legte sie die ganze Hand flach auf den Stoff und kreiste langsam, um das Gefühl zu genießen. Das war perfekt. Es war ein noch besserer Stoff, als der den sie für Hannahs und ihren Umhang benutzt hatte. Jimin würde damit einen super Magier abgeben.

Nach einigen Minuten hatte sie genug. Eigentlich hatte sie vom ersten Moment gewusst, dass dies der richtige Stoff war. Die Probe hatte sie noch mehr überzeugt. Also rollte sie ihn wieder auf. Dann legte sie die anderen Stoffballen an den Rand und mit ihren auserwählten Beutestücken ging sie zur Kasse.

„Ein grüner, magischer Stoffballen und ein Schutzamulett für die Junghexe", sagte Paul mit einem Augenzwinkern.

Auch Susy musste kichern. Zu gern wäre sie mit ihm verwandt gewesen. Dann könnte Paul einfach bei ihr vorbeikommen und sie könnten den ganzen Tag über Magie reden. Soweit sie wusste war Paul allein. Seine Frau und sein Sohn waren vor langer Zeit bei einem Autounfall gestorben. Sein Laden war das Einzige gewesen, weswegen er seinen Lebenssinn nicht verloren hatte.

Sie kramte ihr Handy hervor und öffnete ihre App, um zu bezahlen. Dann fischte sie einen Beutel aus ihrem Fledermausrucksack und packte den Ballen ein. Paul war noch dabei, das Kräuteramulett in braunes Papier einzuwickeln. Susy sah ihm zu, wie er noch eine lila Schleife drum herumwickelte und einen Aufkleber auf die Schleife klebte, auf dem ein Regenbogen abgebildet war.

„So meine kleine Wiccahexe", sagte Paul zufrieden, „ich hoffe, das Amulett wird dich sicher und geschützt durch dein nächstes magisches Abenteuer bringen."

Mit aristokratischem Knicks verabschiedete sie sich von Paul. Draußen schloss sie ihr Fahrrad ab und schwang sich auf den Sattel. Sie radelte Pauls kleine Gasse entlang, die wirkte wie aus einer längst vergangenen Zeit, bis zur nächsten Straßenecke, an der das große Shoppingcenter begann. Die Menschen ignorierte sie. In ihren Gedanken malte sie sich die Form von Jimins Umhang aus. Er musste etwas ganz besonderes werden. Nicht nur dass sie das Ouija Brett zu ihm geführt hatte. Er war auch noch ein Junge, der sich ernsthaft für Magie begeisterte, was seltener war, als man denken sollte. Zudem machte er Hannah glücklich.

Als sie in ihre Straße einbog, sah sie wie ihr Vater gerade an den Hecken herumwerkelte. In den letzten Wochen waren sie zu seinem Projekt geworden. Es hatte damit begonnen, dass er ein Video im Internet von einem Garten-Freak gesehen hatte, welcher seine Hecken in den verrücktesten Formen schnitt. Gerade sah es so aus, als sollte diese Hecke ein Elefantenkopf werden. Wobei bisher nur der Rüssel zu sehen war.

„Es ist schwerer, als es aussieht", sagte ihr Vater, nachdem sie ihr Fahrrad in die Garage geschoben hatte.

„Klar Dad", erwiderte Susy anerkennend, „aber du schaffst das schon. Du bist doch mein Handwerkerkönig." Dann gab sie ihm einen Kuss auf die Wange und lief ins Haus.

Ihre Mutter war noch nicht zuhause. Das war uncool. Denn für den Umhang brauchte sie unbedingt ihre Mithilfe. In praktischen Dingen war ihre Mum die Beste im Haus. Selbst ihr Vater hatte nicht so viel Talent. Ein Blick auf die Uhr verriet ihr, dass ihr letzter Termin noch eine Stunde dauern würde. Also war es Zeit sich einen Snack zu zaubern.

Im Grunde war Mama die beste Mutter der Welt, fand Susy. Denn ihr Kühlschrank war immer mit den besten Zutaten voll. Alles war ökologisch und bio. Jedes Mal schleppte ihre Mutter einen riesigen Korb mit Einkäufen nach Hause und das obwohl sie nur mit dem Fahrrad fuhr.

Kaum dass sie die Tür des Kühlschranks geöffnet hatte, knurrte ihr Magen. Das war das perfekte Timing. Am besten wäre es, sich ein frisches Sandwich zu machen. Also nahm sie alle Zutaten aus dem Schrank und ging rüber zum Brotfach, um sich von dem neuen Zwiebelbrot zwei Scheiben abzuschneiden. Sie schmierte jede Seite mit dicker veganer Mayo ein. Dann fischte sie den Räuchertofu aus der Verpackung und packte ihn in die Mikrowelle. Nebenbei schnitt sie die Tomate und zwei Karotten klein und zupfte ein paar Blätter vom Salatkopf ab. Als die Mikrowelle geklingelt hatte, arrangierte sie ihren kleinen Zaubersnack und setzte sich an den großen Tisch, um zu warten, bis Mama kam.

„Hallo Tochter", sagte ihre Mutter, als sie endlich heimkam und gab ihr einen dicken Schmatzer auf die Wange, „nachher koche ich für uns. Ich hoffe sehr, du hast dann noch genügend Hunger."

„Klaro Mum, bei deinen Delikatessen sag ich nie nein. Aber eigentlich wollte ich dich fragen, ob du mir heute beim Nähen helfen kannst?"

Ihre Mutter willigte sofort ein. Da sie jede Form von Handwerk liebte, strahlten ihre Augen, als sie ihr den neuen Stoffballen zeigte. Interessiert hörte sie zu, was Susys Plan war und dann schwirrte sie in den Nachbarraum und kam mit der elektrischen Nähmaschine zurück.

„Sie mag alt sein", sagte sie ernst, „aber keines von diesen neumodischen Hightech-Geräten näht so gut wie diese."

Dann schleppte ihre Mutter noch eine große Kiste herbei, in der sich lauter Nähutensilien befanden. Zuerst mussten sie ein Muster anlegen. Da sie vergessen hatte, Jimin genau auszumessen, machten sie es ungefähr. Susy war dann eingefallen, dass sie immer noch die alten Schnittmuster von Hannahs und ihrem Umhang hatte. Deshalb lief sie schnell nach oben, kramte sie aus der Schublade und brachte sie ihrer Mum.

Dann steckten sie das Schnittmuster ab. Mit der großen Schneiderschere schnitt Susy die einzelnen Teile aus. Derweil machte ihre Mutter die Nähmaschine startklar. Als sie fertig war, steckten sie alles mit den Nadeln ab. Dann begann ihre Mum mit dem ersten Stück. Sie konnte sich einfach nicht länger zurückhalten. Doch als sie fertig war, sagte sie:

„So meine Liebe jetzt bist du dran. Zeig mal deine magischen Nähkünste!"

Susy lächelte. Denn ihre Mutter hatte sie gut ausgebildet. Auch bei den anderen beiden Zauberumhängen hatte sie ihr bewiesen, wie gut sie mittlerweile nähen konnte. Die Jahre, in welchen ihre Mutter ihr alles mögliche beigebracht hatte, zahlten sich immer öfter aus.

Susy betätigte das Fußpedal am Boden und die Maschine begann zu rattern. Zuerst nähte sie die Hauptteile des Umhangs zusammen. Die Stücke waren groß und etwas schwierig unter der Nähmaschine zu bewegen. Dann fügte sie die Übergänge zur Kapuze an und zuletzt kam die Kapuze. Als sie fertig war, gab sie ihrer Mutter das fertige Stück. Mit einem anerkennenden Kopfnicken bewertete sie die Arbeit ihrer Tochter. Dennoch nahm sie die große Schere und besserte einige Stellen aus.

„Hol deinen Vater Susy. Er soll den Umhang ausprobieren. Ich schätze, er hat in etwa die Größe von eurem Jimin."

Susy rannte in den Garten, wo ihr Vater noch immer werkelte. Sie erklärte ihm kurz, wofür sie ihn bräuchte und zerrte ihn dann am Ärmel zurück ins Haus. Mit einem Kuss begrüßte er seine Frau. Dann schaute er sich den Hexenumhang genau an. Er fand einige anerkennende Worte für Susys Arbeit.

Um Jimins Umhang nicht schmutzig zu machen, huschte er kurz ins Bad und reinigte sich. Als er zurückkam, hatte er ein frisches Hemd an. Er griff nach dem Umhang und schlüpfte in die Ärmel. Susy half ihm und im Handumdrehen steckte ihr Vater in Jimins neuem Zauberumhang.

„Der Umhang passt, wie angegossen", sagte ihr Vater anerkennend, „vielleicht sollte ich anstelle von Jimin in euren Zauberclub eintreten."

Er lachte und auch ihre Mutter lachte und gab ihm einen Kuss. Susy fand den Witz nur halbwegs lustig. Denn für sie war der Coven eine ernste Angelegenheit. Dennoch musste sie zugeben, dass ihr Vater in dem Umhang fantastisch aussah. Falls Jimin genauso gut reinpasste, dann stand ihrem ersten Ritual nichts mehr im Weg.

Ihr Vater gab ihr den Umhang zurück und verzog sich wieder in den Garten, um sich seiner Hecke zu widmen. Auch ihre Mutter verdünnisierte sich in Richtung Küche, um etwas gesundes fürs Abendessen zu zaubern. Ihre Aufgabe war es jetzt, all das Chaos ihrer Nähaktion wieder aufzuräumen. Also stöhnte sie einmal laut und machte sich dann an die Arbeit.

Als erstes kümmerte sie sich um die alte Nähmaschine und brachte sie an ihren Platz zurück. Danach holte sie sich den Besen und die Kehrschaufel und säuberte den ganzen Arbeitsbereich. Als letztes brachte sie den Müllbeutel raus und legte den Umhang vorsichtig zusammen. Schließlich wollte sie, dass er perfekt aussah, wenn Jimin ihn das erste Mal sah.

Einige Zeit später rief ihre Mutter alle zum Abendessen. Sie hatte einen Gemüseauflauf gemacht. Ihr Vater hatte in der Zwischenzeit frischen Smoothie gezaubert, zwar die grüne Variante mit eigenen Gartenkräutern, aber immer noch super frisch und einigermaßen lecker. Ihre Mutter gab jedem eine Portion auf den Teller und sie begannen zu essen.

„Ich habe nachgedacht Tochter", sagte ihre Mutter ernst, „warum lädst du Jimin und Hannah nicht morgen Abend zum Essen ein? Dann lernen wir deinen neuen Kompagnon endlich kennen und du kannst ihn mit dem neuen Umhang überraschen."

Susy zögerte für einen Moment. Doch schon einen Augenblick später formten sich ihre Lippen zu einem Lächeln: Ihre Mutter hatte absolut recht. Nichts war besser, als Hannah und Jimin einzuladen. Erstens könnte Jimin so ihre Eltern kennenlernen und umgekehrt sie ihn. Zweitens könnte sie ihn mit seinem Umhang überraschen. Drittens könnte sie sich nach dem Essen zusammensetzen und ihr erstes Ritual als Coven planen.

Als sie abends im Bett lag, ließ sie sich alles noch einmal durch den Kopf gehen, was seit ihrem ersten Versuch mit dem Ouija Brett passiert war. Der verrückte Professor hatte nur Chaos gestiftet und doch bewiesen, dass das Brett ein magisches Tor war. Ihr zweiter Versuch war ein voller Erfolg geworden. Das hatte daran gelegen, dass sie sich diesmal gut vorbereitet hatten. Das Ouija Brett hatte sie zum Denkmal und dadurch direkt in die Arme von Jimin geführt. Auch das war wieder ein Beweis für die Kraft der Magie. Jetzt standen sie kurz davor, ihr erstes Ritual auszuprobieren. Sie musste alles nur genau planen, denn es durfte nichts schiefgehen.

5

Als ihr Hannah am nächsten Morgen in der Schule über den Weg lief, erzählte sie ihr sofort von dem Vorschlag ihrer Mutter. Wie gedacht, fand Hannah die Idee großartig. Sie kam gern zu Besuch und solch ein offizieller Anlass mit Jimin klang doppelt verzückend. Zudem liebte sie das Essen von Susys Mum. Sie schrieb eine Nachricht an Jimin. Schon eine Sekunde später vibrierte ihr Handy.

„Er hat zugesagt", rief Hannah glücklich.

Susy fiel ein Stein vom Herzen. Das einzige was unsicher gewesen war, war ob Jimin überhaupt bereit wäre zu kommen. Sie kannte ihn kaum und es fiel ihr immer noch schwer, ihn einzuschätzen. Obwohl er bisher einen höflichen Eindruck machte, war er ein Buch mit sieben Siegeln.

Der Unterricht war wie immer langweilig. Die Stunde Englisch und die Doppelstunde in Sport waren ein Albtraum. In der ersten großen Pause saßen sie zusammen auf einer der Bänke, die unter den Bäumen am Rand des Schulhofes standen:

„Du lädst uns doch nicht nur zum Essen ein Susy. Ich kenne dich. Was hast du sonst noch geplant?", fragte Hannah neugierig.

„Bisher weniger als ich gern hätte", sagte Susy, „aber eine klitzekleine Überraschung habe ich schon."

Hannah versuchte aus ihr herauszukitzeln, was die Überraschung war. Doch Susy blieb eisern und verriet nicht, dass sie bereits den Umhang für Jimin fertig genäht hatte. Als es dann zur nächsten Stunde klingelte, trotteten sie wie Schnecken zurück zum Schulhaus. Die kommenden Stunden zogen sich genauso wie die Ersten hin. Zum Glück war es Freitag und mit jeder Minute kam das Wochenende näher. Als es schließlich klingelte, umarmten sich die beiden und stürmten zusammen mit den anderen Schülern in die Freiheit.

Hannah verabschiedete sich bei der großen Kreuzung von Susy. Sie versprach mit Jimin pünktlich zu sein. Als sie wegfuhr, sah Susy ihr leicht wehmütig hinterher. Früher wäre Hannah direkt mit zu ihr gekommen. Doch seitdem sie und Jimin ein Paar waren, war das anders. Für einen Augenblick vermisste sie die gute alte Zeit. Doch dann wurde ihr bewusst, dass die Magie es war, die Jimin in ihre Leben geführt hatte. Somit hatten die verborgenen Mächte auch die Anziehung zwischen den beiden gespürt. Ihre Liebe war schon jetzt das Kind eines großen, magischen Zaubers. Was wusste sie denn, was die große Göttin mit ihnen noch alles vorhatte?

Notgedrungen radelte sie allein nach Hause. Als ihr Garten in Sicht kam, werkelte ihr Vater schon wieder an den Hecken herum. Der Elefant hatte jetzt große Ohren und lange Stoßzähne bekommen. Langsam sah die Hecke wie ein echtes Kunstwerk aus. Sie gab ihm einen Kuss auf die Wange, ehe sie ihr Fahrrad in die Garage schob.

Das Haus war leer. Es würde noch einige Stunden dauern, bevor ihre Mutter von der Arbeit kam. Im Kühlschrank fand sie noch Reste vom gestrigen Essen. Sie schaufelte sich eine große Portion auf den Teller und schob ihn in die Mikrowelle. Ihre Mutter mochte dieses Gerät überhaupt nicht, weil es angeblich schädliche Strahlen ausstrahlte. Doch Susy war einfach nur froh, dass der kleine Zauberkasten in Windeseile ihr Essen aufwärmen würde.

Während die Mikrowelle mit dem Essen beschäftigt war, rannte Susy eilig hoch in ihr Zimmer. Zuerst feuerte sie ihren Rucksack in die Ecke. Bis Sonntag, wenn es Zeit für die Hausaufgaben war, wollte sie nichts mehr von der Schule wissen. Dann schnappte sie sich ihren Block, das Sigillenbuch und den dicken, schwarzen Kugelschreiber, der mit Fledermäusen bedruckt war.

Die Mikrowelle klingelte in dem Moment, als sie wieder in der Küche ankam. Sie legte Buch, Stift und Block auf den Tisch und nahm sich ein großes Küchentuch. Vorsichtig öffnete sie die Mikrowelle und nahm die Schutzkappe ab. Eine Dampfwolke schoss ihr ins Gesicht. Wie sie feststellen musste, hatte sie die Mikrowelle viel zu heiß eingestellt. Es würde mehrere Minuten dauern, bis das Essen abgekühlt wäre. Susy war das egal. Das Buch war ihr sowieso wichtiger als das Essen.

Das Sigillenbuch hatte sie sich schon vor einigen Monaten besorgt, nachdem ihr der alte Paul das Thema empfohlen hatte. Fast jeden Abend vorm Einschlafen blätterte sie in dem Buch. Die Sigillen waren magische Zeichen der Hexen. Jede hatte eine andere

Bedeutung. Manche öffneten die Tore in die magischen Dimensionen. Andere wurden als Schutzzauber genutzt oder um böse Zauber zu verbannen. Es gab auch einige gefährliche Sigillen, die gigantische Schäden anrichten konnten. Doch Susy und Hannah hatten sich geschworen, die Magie nie zu missbrauchen. Die Begegnung mit dem Geist des verrückten Professors hatte ihnen gereicht.

Den Block und ihren Fledermauskuli hatte sie dabei, weil sie lernen wollte, die Sigillen richtig zu zeichnen. Sie benutzte den Block wie ein Heft für Schreibanfänger. Sie schrieb immer eine Seite mit einer Sigille voll und achtete dabei darauf, dass jede Bewegung harmonisch floss. Denn sie hatte irgendwo gelesen, dass die Magie der Erde wie ein Fluss war. Die Aufgabe der Hexe war es, sich mit diesem Fluss zu verbinden.

Als sie zwei Seiten voll geschrieben hatte, testete sie noch einmal das Essen. Es war immer noch ziemlich heiß, aber gerade so essbar. Genau in dem Moment als sie sich ihren ersten Bissen in den Mund schieben wollte, vibrierte ihr Handy. Genervt legte sie die Gabel wieder hin und holte es aus ihrer

Tasche, um zu sehen, wer ihr eine Nachricht geschickt hatte.

Wenig überraschend war es Hannah, die ihr ein Foto gesandt hatte. Zum Glück hat sie mich noch nicht ganz vergessen, dachte Susy. Auf dem Foto waren zwei Bubble-Tea zu sehen, die mit einem funkelnden Herzeffekt eingerahmt waren. Darunter hatte Hannah geschrieben: „Ist er nicht romantisch? Er hat mich heute zum Bubble-Tea eingeladen!" Susy verdrehte die Augen. Hannah hatte es voll erwischt. Sie trug scheinbar eine rosarote Brille mit doppelter Verglasung, schließlich saßen sie und Jimin fast jeden Tag in diesem Bubble-Teashop. Jimin war da und zeichnete an seinem Manga und Hannah scrollte durch ihr Smartphone. Also was war daran bitte bemerkenswert genug, dass sie ihr extra ein Foto davon schicken musste?

Kurz verzweifelte sie. War sie anders als andere? Tatsächlich hatte sie sich noch kein einziges Mal verliebt. Einige Zeit hatte sie überlegt, ob sie lesbisch wäre; aber dann festgestellt, dass ihr Frauen noch weniger gefielen als Männer. Doch all die Jungs, die sie kannte, hatten nichts bei ihr ausgelöst.

Ein einziges Mal hatte sie sich mit einem Jungen getroffen, welchen sie im Internet kennengelernt hatte. Mama war dagegen gewesen und sie hatte Papa mitgeschickt, um sie zu dem Treffen zu fahren, damit der überprüft, dass der Kerl kein Verrückter war. Schon nach dem ersten Blick war er wieder weggefahren, weil sich herausgestellt hatte, dass es sich nur um einen Pickelgesichtigen handelte.

Leider musste sie feststellen, dass der Junge nur ein Betrüger war. Denn online hatte er ihr vorgeschwärmt, auf Hexerei abzufahren. Aber als sie ihn mehrmals testete, hatte er keinerlei Ahnung gehabt. Wahrscheinlich hatte er beim Chatten nebenbei alles im Internet recherchiert, um bei ihr zu punkten. Sie war froh gewesen, als das Treffen endlich vorbei gewesen war. Definitiv wollte sie ihn kein zweites Mal treffen.

„Hey Träumerin!?", ihr Vater riss sie aus ihren Gedanken, „isst du das noch oder lässt du es kalt werden?" Er griff sich die Gabel, schaufelte sich eine riesige Ladung drauf und schob sie sich in den Mund. Schmatzend sagte er: „Deine Mutter ist eine großartige Köchin!"

„Papa?", fragte sie schüchtern, was sonst gar nicht ihre Art war, „wann hast du gemerkt, dass du Mama liebst?"

Überrascht verschluckte er sich. Er kannte seine Tochter gut. Sie redete ohne Pause über alles mögliche. Aber diese Art von Fragen passte nicht zu ihr. Er schluckte den Rest runter. Dann atmete er hörbar ein, bevor er laut lachte: „Meine liebe Tochter, ich wusste vom ersten Augenblick an, dass ich deine Mutter liebe. Allerdings hat es bei ihr länger gedauert. Ich musste ihr wochenlang den Hof machen, bevor sie das erste Mal mit mir ausging. Selbst danach hat es noch Wochen gedauert, ehe sie ihr Herz für mich öffnete."

Dann hatte er ihr alles erzählt, was zwischen ihm und seiner Frau passiert war, bis sie bemerkten, dass sie schwanger waren. „Den Rest der Geschichte kennst du ja", hatte er gesagt, bevor er sich wieder Richtung Garten verabschiedet hatte.

Frustriert stocherte Susy seitdem in ihrem Essen herum. Der Verlust von Hannah traf sie deutlich härter, als sie sich das bisher eingestanden hatte. Sie freute sich wirklich, dass Hannah jemanden gefunden hatte, nachdem sie so viele Nieten gezogen hatte. Dennoch war es hart. Vorher hatten sie quasi jede freie Sekunde miteinander verbracht. Hannah war fast zu ihrer Mitbewohnerin geworden, so oft wie sie bei ihr war. Doch jetzt klaffte da ein riesiges Loch.

Gelangweilt blätterte sie durch ihr Buch. Plötzlich hielt sie an. Die wilden Linien einer Sigille hielten ihre Augen gefangen. Sie sah die Überschrift des Kapitels: Liebeszauber. Wieder rollte sie mit den Augen. Nicht einmal die Magie ließ sie mit dem Thema in Frieden. Was hatte sie da noch für eine Wahl? Wenn selbst die große Muttergöttin ein Zeichen sandte, dann sollte die Hexe offen genug für die Lektion sein. Also las sie sich das Kapitel durch. Ihr fiel auf, dass sie bisher diesen Abschnitt immer überblättert hatte; obwohl sie ansonsten das Buch viele Male aufrichtig studiert hatte.

In dem Kapitel ging es um Chaosmagie. Die Liebe galt seit den Tagen von Crowley und Gardner als die größte und auch schwierigste Magie. Denn sie war die Kraft, welche das

Universum am Leben erhielt. Die magischen Gewebe formten Knoten und in diesen kanalisierte sich die heilige Kraft der Liebe. Erstmals fiel Susy auf, wie spannend das Thema war. Kurzerhand nahm sie sich ihren Übungsblock und schrieb drei Seiten lang die Liebessigille. Ihr Essen kippte sie danach in den Biomüll. Der Appetit war ihr vergangen. Als sie mit ihrer Übung fertig war, fühlte sie sich besser. Ein Blick auf die Uhr verriet ihr, dass es Zeit war, mit den Vorbereitungen zu beginnen.

6

Bisher hatte sie weder Hannah noch Jimin mitgeteilt, dass sie mit ihnen zusammen wieder das Ouija Brett benutzen wollte. Es war ihr gestern Abend kurz vorm Einschlafen eingefallen. Denn das Ouija Brett hatte sie zusammengeführt. Es musste wissen, was die nächsten Schritte auf ihrem Weg zum Coven waren. Den Block stapelte sie auf dem Buch und lief damit hoch in ihr Zimmer. Ein Blick verriet ihr, dass sie zuerst aufräumen musste.

Hannah war ihr Chaos gewöhnt. Doch Jimin würde zum ersten Mal zu Besuch kommen. Er sollte einen guten Eindruck bekommen und nicht gleich geschockt aus allen Wolken fallen.

Sie sammelte alle herumliegenden Dinge ein. Danach brachte sie Ordnung auf ihren Schminktisch und stopfte ihre Klamotten in die Schubfächer der großen, alten Kommode. Zufrieden sah sie sich um. Jetzt konnte sie auch die Utensilien vorbereiten, damit nichts schiefging wie bei ihrem ersten Versuch. Das wichtigste war definitiv der Schutzkreis. In der Hexenwelt hatte er eine lange Tradition. Das hieß, dass er sich bewährt haben musste. Sie wusste nicht, wie viel Ahnung Jimin von der Zauberkunst hatte, aber sie musste ihm einschärfen, dass er den Schutzkreis unter keinen Umständen brechen durfte.

Susy holte das Samttuch aus der Kommode und die Kiste mit dem Ouija Brett kramte sie auch heraus. Dann legte sie alles hinter den großen Spiegel, damit es die anderen nicht zu früh sahen, wenn sie ihr Zimmer betraten, denn es sollte eine Überraschung werden. Da plötzlich kribbelte es in ihren Fingern. Sie öffnete die Kiste und sah sich das magische Brett an.

Das Ouija Brett lag unschuldig da. Als sie es damals gekauft hatte, hatte sie nicht geahnt, wie viel magische Macht in diesem kleinen Brett steckte. Jedoch hatte es sie zu Jimin geführt und selbst die Episode mit dem Geist des fiesen Professors bewies seine Macht. Heute war es Zeit, das Brett ein drittes Mal zu benutzen. Drei war eine magische Zahl. Susy hoffte sehr, dass sie heute die finalen Ratschläge erhielten, damit sie ihren Coven starten könnten.

Sie wollte es noch nicht aus der Kiste holen. Es sollte geschützt und verborgen bleiben, bis sie Jimin alles erklärt hätte. Hannah und sie wussten bereits, wie sie sich richtig zu verhalten hatten. Eine gute Hexe musste in Stimmung sein; so stand es auch in den Büchern und in den Foren im Internet. Sie mussten sich deshalb erst mit den magischen Energien verbinden. Also musste sie Jimin heute Abend genau zeigen, wie er sich für den magischen Fluss öffnen konnte. Hannah würde ihr dabei sicher eine große Hilfe sein.

Ein Blick ins Zimmer verriet ihr, dass alles vorbereitet war. Die Unordnung war beseitigt und Jimin würde keinen schlechten Eindruck bekommen. Die magischen Utensilien waren vorbereitet, so dass ihr Ausflug ins Reich der Magie jederzeit starten konnte. Ein zweiter Blick auf die Uhr verriet ihr, das ihre Mutter gleich kommen müsste.

Mit einem ruhigen Gewissen verließ sie ihr Zimmer und watschelte in die Küche. Von Mama war noch nichts zu sehen. Auch als sie aus dem Fenster blickte, war da keine Spur von ihr. Nur der Elefant ihres Vaters war vollendet worden. Trotz ihres anfänglichen Zweifels sah die Hecke jetzt echt besser aus. Sie fragte sich, welchen Plan ihr Vater als nächstes aushecken würde.

Da bewegte sich das Gartentor und Mamas Fahrrad erschien. Sie wollte nicht abwarten und rannte raus. Bisher hatte ihre Mutter ihr noch nicht verraten, was sie heute kochen wollte. Deshalb wollte sie einen Blick in ihren Einkaufskorb werfen, um eine Vorahnung zu kriegen, von dem was sie heute kulinarisches zaubern würde.

„Hallo Susy, wie war dein Tag?", fragte ihre Mutter und gab ihr einen langen Kuss auf die Wange, „hier trag den Korb rein!"

Sie drückte Susy den Korb in die Hand und schob ihr Fahrrad zur Garage. Der Korb war schwer. Auf den ersten Blick konnte Susy nicht erkennen, was ihre Mutter kochen wollte. Alles was ihr auffiel, waren die vielen Avocados, ein paar Zitronen und Tomaten und ein Beutel mit Kartoffeln. Da es ihr nicht einfiel, schleppte sie den Korb in die Küche und stellte ihn auf die Ablage.

Ihre Mum erschien einige Minuten später. Sie lächelte ihr kurz zu, dann verschwand sie im Bad. Einige Augenblicke später erschien sie wieder, aber sie hatte sich bequemere Klamotten angezogen. Die Sachen aus dem Korb packten sie fein säuberlich aus. Einen Teil verstauten sie in den Schränken und Schubfächern. Einige Sachen jedoch blieben draußen liegen, unter anderem die Avocados.

„Ok Lieblingstochter", sagte sie lächelnd, „nach reiflichem Nachdenken habe ich mich dazu entschieden, dass du heute mitkochen darfst."

Susy bekam große Augen. Das war eine super Nachricht. So offen wie ihre Mutter sonst mit allem Möglichen war, wenn es ums Essen machen ging, dann konnte sie schon mal zum Diktator werden. Selten ließ sie zu, dass ihr jemand ins Handwerk fuschte oder reinredete.

Sie erklärte ihr, was sie vorhatte. Es sollte Guacamole mit Kartoffelspalten geben. Dazu wollte sie appetitlichen Schokoladenpudding zaubern. Susy sollte ihr vor allem bei der Guacamole und den Kartoffeln helfen, so dass sie nebenbei genügend Zeit hätte, den Pudding zuzubereiten.

Als erstes sollte Susy die Kartoffeln waschen und sie dann in Viertel schneiden und auf ein Brett legen. Sie machte sich sofort an die Arbeit. In der großen Spüle wusch sie die Kartoffeln ab. Dann holte sie sich ein großes Holzbrett aus dem Küchenschrank und ein Küchenmesser aus dem Schubfach. Wie mit einem Zauberstab teilte sie die Kartoffeln und legte sie auf dem Blech aus, welches ihre Mutter bereitgestellt hatte.

Es machte riesigen Spaß. Sie liebte es, etwas zusammen mit ihrer Mum zu machen. Egal ob nähen, kochen oder tapezieren; mit Mama machte alles mehr Spaß. Sie hatte einfach zwei goldene Hände bei allen Dingen, die mit Handwerken zu tun hatten.

Als sie die drei Bleche mit Kartoffeln fertig geschnitten hatte, kam ihre Mutter mit einer selbstgemachten Marinade. Sie zeigte ihr beim ersten Blech, wie sie diese über den Kartoffeln verteilen musste. Susy machte dasselbe mit den anderen Blechen, während sich ihre Mutter um den Pudding kümmerte. „Fertig", rief sie, nachdem sie jede Kartoffel in Marinade getränkt hatte. Ihre Ma drückte ihr einen dicken Handschuh in die Hand, um sich nicht die Finger zu verbrennen. Als nächstes öffnete sie den Ofen, den sie schon vorgeheizt hatte und wies Susy an, das erste Blech reinzuschieben.

„Ok mein Schatz, du behältst die Kartoffeln im Auge. Wenn sie fertig sind, holst du sie raus und schiebst das nächste Blech rein. Nebenbei bereiten wir die Guacamole zu."

Aus dem Schrank nahm ihre Mutter eine große Schale und gab sie Susy. Dann erklärte sie ihr, wie die Guacamole gemacht wurde. Klingt simpel, dachte Susy und nickte. Dann schnappte sie sich die Avocados, während ihre Mutter aus den Zitronen frischen Saft presste. Als erstes schnitt sie die Avocados in zwei Hälften. Danach schaufelte sie mit einer Gabel das Fruchtfleisch in die Schüssel. Zum Schluss kippte ihre Mutter den Zitronensaft drüber.

Um der Guacamole mehr Würze zu geben, blanchierten sie mehrere Tomaten, pressten drei Knoblauchzehen aus und gaben etwas von den Chilischoten dazu, die aussahen wie Feuerzungen. Susy verrührte alles und stellte die Schale in den Kühlschrank. Als sie in den Ofen guckte, sah sie, dass das erste Blech fertig war. Mit dem dicken Handschuh holte sie es heraus und schob das Zweite rein.

Da ihr langweilig wurde, während sie auf das zweite Blech wartete, guckte sie kurz auf ihr Handy. Hannahs Status verriet ihr, dass sie und Jimin einen Abstecher zum Denkmal gemacht hatten. Das war Jimins Lieblingsort. Er hatte gemeint, dass die kreativen Ideen dort am intensivsten flossen. Wahrscheinlich käme es von der Energie der Geister, hatte er vermutet.

Die zwei würden in einer dreiviertel Stunde hier sein. Susy ging in Gedanken nochmal alles durch. Im Grunde war sie auf alles vorbereitet. Der Umhang war fertig und sah super aus. Das Essen roch lecker und der Pudding schien auch fast fertig zu sein. Auch oben war alles vorbereitet. Es war nur die Frage, wie Jimin sich verhalten würde.

Sie kannte Hannah genau, denn sie waren ein eingespieltes Team. Nur Jimin konnte sie bisher nicht ganz einschätzen. Er war sehr sympathisch und hatte ein gutes Herz. Durch seine Mangas und Animes hatte er auch den Glauben an die Magie gefunden. Doch wie bereit war er wirklich, ein Leben als Hexer zu führen?

Die restliche Zeit, bevor die zwei eintreffen würden, ging sie hoch in ihr Zimmer und widmete sich dem Sigillenbuch. Sie las das Kapitel über die Liebeszauber noch einmal. Ihr wurde immer mehr klar, dass sie das Thema Liebe bisher völlig falsch angegangen war. Aus der Sicht der Magie war es extrem spannend. Sie entschied sich, der Sache noch eine Chance zu geben und doch nicht als alte

Jungfer sterben zu wollen, wie sie es bisher immer geglaubt hatte.

Da das Kapitel im Buch nur einen Überblick gab, musste sie woanders recherchieren. Der beste Ort dafür war das Internet. Sie griff sich ihr Tablett und gab den Suchbegriff Liebeszauber ein. Wie üblich erschien eine unübersichtliche Anzahl von Beiträgen. Es war schwierig, die guten rauszufiltern. Doch einige Blogs und Foren kannte sie und fing dort an zu suchen.

Es wurde noch interessanter. In der Magie war alles ganz anders, als die Art des wilden Rummachens wie es in der Schule stattfand. Es ging darum, seinen wahren Seelenpartner zu finden. Viele Rituale waren dafür da, die magischen Wege zu offenbaren, um diesen anzuziehen. Susy entschied sich, eines dieser Rituale ausprobieren zu wollen, sobald sie dafür Zeit hatte.

Es klingelte. Susy schrak auf. Die Zeit hatte sie völlig vergessen. Ein Blick auf die Uhr verriet ihr, dass sie weit über eine Stunde recherchiert hatte, obwohl es ihr nur wie ein paar Momente vorgekommen war. Die Zeit war einfach verflogen.

Eilig hastete sie runter in den Flur. Ihre Ma stand schon in der Tür und umarmte gerade Hannah. Dann bekam auch Jimin eine lange Umarmung. Hinter den beiden tauchte ihr Vater in seinen Gartenarbeiterklamotten auf. Er gab den beiden eine lässige Ghettofaust zur Begrüßung und verabschiedete sich dann Richtung Badezimmer. Schließlich bekam sie die Gelegenheit ihre beiden Hexenfreunde zu begrüßen

Während Hannah so entspannt wie immer war, schließlich kannte sie Susys Haus und ihre Eltern, wirkte Jimin zurückhaltender als sonst. Hannah fragte Susy, ob sie Jimin alles zeigen könne. Als diese ihre Frage mit einem Lächeln beantwortete, liefen sie durch Haus und Garten. Hannah zeigte ihm jeden Winkel von Susys Zuhause und würzte alles mit ein paar interessanten Geschichten. Dann gingen sie in die Küche.

Der Tisch strahlte bereits. Susys Mum hatte alles schön dekoriert und dabei genau den Geschmack zweier Junghexen getroffen. Ob es Jimin gefiel, konnten sie nicht sagen, denn er war noch immer nicht aufgetaut. Doch Susy war zufrieden mit dem Kunstwerk ihrer

Mutter. Als diese dann noch die Schüssel mit den Kartoffelspalten und der Guacamole auf den Tisch stellte, wusste sie, dass das ein guter Abend werden würde.

Wie frisch gestriegelt tauchte auch ihr Vater wieder auf. „Kommt Leute, es ist Zeit zum Essen. Nach meinem Elefanten im Garten habe ich einen Elefantenhunger!", sagte er frech in die Runden und setzte sich an den Tisch. Hannah lächelte und folgte ihm. Jimin trottete ihr hinterher. Susy sah kurz zu ihrer Mum und zog die Augenbrauen hoch; doch ihre Mum blieb cool. Sie klopfte ihr beim Vorbeigehen auf die Schulter. Susy folgte ihr an den Tisch.

Irgendwie war Jimin neben ihrem Vater gelandet. Zur Überraschung der drei Frauen konnten die beiden Männer gut miteinander. Jimin stieg mit einem Kompliment über seinen Elefanten ein und fragte, wie er auf die Idee gekommen war. Dann kämpften sie sich sogar noch durch zu Jimins Manga, welches er Susys Dad stolz präsentierte. Als er den Witz riss, ob er nicht einen Elefanten in die Geschichte einbauen könnte, zog kurz Totenstille ein. Die Mädchen wussten, wie heilig Jimin sein Manga war. Der legte seine Hand ans Kinn und überlegte kurz. Vier Paar Augen starrten ihn an. Als er dann trocken sagte, das wäre gar keine schlechte Idee, atmeten alle erleichtert auf.

Susys Mutter nahm diesen Moment zum Anlass, endlich das Essen zu eröffnen. Sie ließ kurz einen Vortrag springen über die ökologische und nachhaltige Herkunft der Lebensmittel und die Mühe, die sie und Susy beim Vorbereiten hatten, dann gab sie jedem zuerst Kartoffelspalten und reichte dann die Schale mit Guacamole herum. Susy holte aus dem Schrank noch extra Chilipulver. Wie sich zeigte, mochte es Jimin gern besonders scharf. „Nichts leichter als das", hatte Susy geantwortet.

Um das Klischee zu erfüllen, mussten Susys Eltern natürlich ein paar Fragen über die Schule stellen. Sie fragten, wie Jimins Schule war. Vor allem waren sie neugierig, was an seiner Schule anders war. Denn sie waren nicht besonders zufrieden mit der Schule, auf welche ihre Tochter ging. Die drei Hexen beantworteten die Fragen standhaft mit so wenig Wörtern wie möglich, bis die zwei endlich aufhörten, sie neugierig zu löchern. Nach und nach wurde es entspannter am Tisch. Irgendwie waren sie auf das Stadtfest zu sprechen gekommen, das bald stattfinden würde und das wirklich jede:r liebte.

Sowohl die ganze Guacamole, als auch alle Kartoffelspalten wurden verputzt. Es waren nicht wenige gewesen und doch funkelten am Tisch immer noch hungrige Augen. Da passte es, dass Susys Mum den Pudding aus dem Kühlschrank holte. Unerwartet hatte sie auch noch eine Vanillesoße gezaubert, als Susy in ihrem Zimmer gewesen war. Hannahs Augen begannen zu leuchten, denn Süßes liebte sie fast genauso sehr wie Magie.

Ein lautes Bäuerchen aus dem Mund von Susys Vater bestätigte dann endlich, dass sie alle satt waren. Für jeden hatte Susys Mum zwei Puddings gemacht. Da Susy und Jimin nur einen gegessen hatten, waren für ihren Vater und Hannah je drei rausgesprungen. Diese hatten sie so schnell aufgegessen wie Susy ihren einen Pudding.

7

Mit lächelnden Gesichtern hatten sie ihre Eltern in die Freiheit entlassen. Zusammen mit Jimin waren die beiden Mädchen hoch in ihr Zimmer gegangen. Als Susy ihr Zimmer präsentierte, hatte Hannah wirklich für einen Moment gestaunt, weil sie es definitiv nie ordentlicher gesehen hatte. Jimin hatte ein wenig verunsichert in der Tür gestanden, doch Susy hatte ihm direkt den Sessel zum Sitzen gezeigt. Kaum dass er sich hingesetzt hatte, entspannten sich seine Kaumuskeln und er lächelte genüsslich mit vollem Magen.

„Ok Leute", sagte Susy vorfreudig, „es wird Zeit, dass ich euch die große Überraschung präsentiere!"

Hannah und Jimin starrten sie mit großen Augen an. Dabei waren für Hannah diese Art Spielchen nichts neues. Sie wusste, dass Susy den großen Auftritt liebte. Doch obwohl sie schon viele Mal hier gewesen war, so war sie doch bisher nie zusammen mit ihrem Freund hier gewesen; auch weil sie bisher noch nie einen gehabt hatte.

„Es geht um dich Jimin!", verkündete Susy dramatisch.

„Um mich ...?"

„Ja!", schrie sie wie eine Zirkusdirektorin, „heute Abend bist du unser Ehrengast. Aber jetzt muss Hannah dir die Augen verbinden."

Hannah lächelte. Dieses Spiel gefiel ihr. Sie griff sich einen von Susys großen Schals, der über dem Kleiderständer hing und ging mit lasziven Schritten auf ihren Angebeteten zu. Der versuchte locker zu lächeln. Doch der Ausdruck seiner Augen verriet, dass es ihm nicht ganz geheuer war. Immerhin hingen in Susys Zimmer Bilder von Hexen, Geistern, Vampiren und Monstern. Wer konnte schon genau sagen, was zwei Junghexen mit einem unschuldigen Mangaka vorhatten?

Eine Wahl hatte Jimin sowieso nicht. Er konnte schlecht nein sagen, weil er dann wie ein Feigling dastehen würde und weglaufen konnte er aus demselben Grund auch nicht. Also blieb ihm nur übrig, eine gute Miene zu Susys mysteriösem Spiel zu machen.

Langsam und sehr zärtlich verband Hannah Jimin die Augen mit dem großen Schal. Die schwarze Farbe des Schals mit den grün-lila

Monstern drauf passte gut zu Jimins dunkler Haarfarbe. Als allererstes hatte Hannah den mittleren Teil des Schals über seine Augen gelegt; danach wickelte sie den Rest zweimal fest um seinen Kopf. Dann machte sie einen dicken, aber nicht zu festen Knoten hinter seinem Kopf und übergab Susy wieder die Regie.

Susy bedankte sich charmant mit einem höfischen Knicks bei ihrer Freundin. Dann holte sie den Umhang heraus. Er war immer noch säuberlich zusammengelegt. Mit einer sehr würdevollen Bewegung entfaltete sie ihn. Dann hob sie den Umhang hoch.

„Wow!", entglitt es Hannahs Mund.

„Was ist los?", fragte Jimin verunsichert.

„Alles gut", war Hannahs knappe Antwort, während sie auf leisen Sohlen zu Susy ging, um sich den neuen Zauberumhang genauer anzusehen. Sanft strich sie über den Stoff. Dann hielt sie ihn sich an die Wange, um die feine Textur besser spüren zu können. Susy konnte sehen, wie sehr sie das Gefühl genoss. Urplötzlich riss sich Hannah los, sah Susy an und nickte mit dem Kopf.

Diese wusste sofort, was Hannah meinte. Wie immer konnten sie die Gedanken der anderen lesen. Hannah gab ihr den Umhang zurück. Sie selbst ging zu Jimin. Sanft strich sie über seinen Arm nach unten, bis sie seine Hand erreicht hatte. Sie fuhr jeden seiner Finger einzeln entlang. Dann griff sie seine Hand und zog sie langsam, aber bestimmt nach oben.

Jimin bewegte sich zögerlich. Aufgrund der verbundenen Augen hatte er das Gefühl, den beiden Mädchen ausgeliefert zu sein. Ihm war klar, dass es eine Überraschung für ihn gab. Doch das konnte alles Mögliche sein. Möglicherweise schwebte schon ein Eimer mit glibbrigem Schleim über ihm, den Susy auf irgendeiner Seite für magische Artikel im Internet bestellt hatte.

Unerwartet glitten Hannahs Arme unter seinen beiden Achselhöhlen entlang und hoben seine beiden Arme in die Höhe. Was Jimin nicht erkennen konnte, war, wie sich Susy genähert hatte. Den rechten Ärmel des Umhangs hatte sie so umgestülpt, dass sie ihn einfach über seinen Arm führen konnte.

Jimin erschrak ein wenig, als ihn der Stoff berührte. Tatsächlich zitterte er sogar kurz. Die Anspannung von zwei Hexen mit etwas unbekanntem überrascht zu werden, war doch zu groß gewesen. Als Susy und Hannah seine Reaktion bemerkten, sahen sie sich verwundert an. Susy fuhr den Ärmel noch langsamer und vorsichtiger über seinen Arm als geplant. Dann übergab sie Hannah den Umhang. Sie führte ihn über Jimins Rücken zu dessen zweiten Arm. Dort stülpte sie den zweiten Ärmel drüber. Susy legte die beiden Seiten vorne zusammen und band sie mit der Schnur zu, die sie sorgfältig angenäht hatte.

Hannah ergriff Jimins Hand und führte ihn vor den großen Spiegel. Inzwischen zupfte Susy noch ein wenig an dem Umhang herum und strich jede Falte glatt, die sich gebildet hatte. Sie wollte, dass der Umhang perfekt aussah, wenn Jimin ihn zum ersten Mal sah.

Um das Ganze zu untermalen, schaltete Hannah etwas dramatische Mittelaltermusik ein. Jimin begann zu lächeln. Mittlerweile durfte er gemerkt haben, dass ihn kein böser Schabernack erwartete. Der Stoff war zudem so weich, dass er sich gut fühlen musste.

Hannah war aber noch nicht bereit, ihn von der Augenbinde zu befreien. Susy konnte sehen, wie sehr sie es genoss, sich jeden Teil seines Körpers genau ansehen zu können. Scheinbar bekam sie sonst nicht die Chance dazu. Sie holte sich ihr Handy. Dann streckte sie seine Arme wieder horizontal aus und begann ihn im Kreis zu drehen. Das Ganze filmte sie, während sie zufrieden lächelte.

Nach einigen Umdrehungen hatte sie genug. Sie packte ihr Handy wieder ein und Susy wusste, dass endlich die Stunde der Wahrheit gekommen war. Sie hatte viel harte Arbeit in den Zauberumhang gesteckt. Wenn er Jimin gefallen würde, dann wäre alles in Ordnung. Doch wenn nicht, dann wäre die Stimmung des Abends hinüber und sie könnte sich den Teil mit dem Ouija Brett schenken.

Hannah trat mit erhobenem Haupt hinter Jimin. Er war einen halben Kopf größer als sie. Sie strich mit ihrem Finger über seine beiden Wangen, folgte dann dem Verlauf zu seinem Ohr und gelangte schließlich zu dem großen Knoten an seinem Hinterkopf.

„Bist du bereit?", hauchte sie ihm ins Ohr.

Er zögerte. Wahrscheinlich war ihm immer noch nicht ganz geheuer, was die Mädchen mit ihm abzogen. Nach einigen Momenten des Grübelns hauchte er ein leises „ja" aus.

Hannah löste vorsichtig den ersten Teil des Knotens, hielt aber mit der zweiten Hand den Schal fest, so dass er weiter über seinen Augen blieb. Dann löste sie den zweiten Teil des Knotens. Ihre Hände hielten jetzt den Schal stramm. Hannah blickte rüber zu Susy. Die lächelte kurz und nickte dann mit dem Kopf. Endlich ließ Hannah den Schal fallen.

„Wow!", platzte es aus Jimin heraus, als er sich im Spiegel betrachtete.

Susy fielen in dem Moment fünf Milliarden Steine vom Herzen. Dieses kleine Wort hatte den kompletten Abend gerettet. Es war seine erste spontane Reaktion und sie war positiv. In diesem Augenblick wurde ihr bewusst, wie gut es war, dass sie das Ouija Brett zu Jimin geführt hatte. Er war der Richtige für ihren Coven.

Forsch drehte sich Jimin im Kreis, um sich den Umhang von allen Seiten anzusehen. Langsam fuhr er mit seinen Fingern über den Stoff und rieb ihn sich sogar über die Wange.

Hannah und Susy guckten ihm genüsslich zu. Sie wussten, dass nur jemand der ein wahrer Zauberer war, sich so sehr über einen neuen Zauberumhang freuen könnte. Plötzlich hielt Jimin an. Dankbar umarmte er Susy und wandte sich dann seiner Freundin zu. Auf eine zärtliche Umarmung folgte ein langer Kuss mitten auf die Lippen.

Nach der romantischen Einlage setzten sie sich hin. Susy schenkte Saft in die Gläser und verteilte sie. Nachdem sie sich gesetzt hatten, ließ sie kurz Stille einkehren, bevor sie ihnen erzählte, was sie heute noch vorhatte.

Zu ihrer Überraschung war Jimin sofort von der Idee mit dem Ouija Brett begeistert. Die beiden Junghexen hatten ihm so viel davon erzählt, dass er schon vor Neugier platzte, es selbst ausprobieren zu dürfen. Nur Hannahs Gesicht sprach eine andere Sprache; denn bis heute hatte sie die schreckliche Begegnung mit dem bösen Professor nicht verdaut.

Susy bemerkte die Angst in den Augen ihrer Freundin. Sie setzte sich zu ihr und legte den Arm um sie. Augenblicklich entspannte sich Hannah. Dann erzählte Susy genau, wie sie sich den Ablauf ihres kleinen Abendrituals mit dem Ouija Brett vorstellte. Abschließend wandte sie sich ernst an Jimin:

„Jimin! Ich weiß, es ist dein erstes Mal. Wir haben dir vom verrückten Professor erzählt und du siehst, wie sehr sich Hannah immer noch ängstigt. Was auch immer passiert, du darfst den Schutzkreis, den wir ziehen, unter keinen Umständen verlassen!"

Jimin erhob sich von seinem Stuhl und salutierte wie ein Soldat in der Armee. Der Spaß gelang und sogar Hannah lachte laut. Dennoch hoffte Susy, dass er die Warnung ernst nahm. Sie hatte keine Lust auf einen neuen Zwischenfall, denn mit der Macht der Magie war nicht zu spaßen. Das war ernst und musste genau geplant werden.

Während Jimin sich weiter auf seinem Stuhl lümmelte und durch Susys Hexenbücher blätterte, bereiteten die Mädchen alles für das Ritual vor. Sie glätteten das Samttuch, nahmen das Ouija Brett aus seiner Kiste und legten es ehrfurchtsvoll auf das Tuch. Jimin hatte zwischendurch ein weiteres „Wow!" seiner Kehle entweichen lassen, als er das Brett das erste Mal gesehen hatte.

Zuletzt zogen sich die zwei Magierinnen ihre Zauberumhänge an. Wie sie meinten, hatte Jimin mit seinem Stoff wirklich das große Los gezogen. So weich wie seiner, waren ihre nicht. Nichtsdestotrotz fühlten sie sich erst mit ihren Zauberumhängen als vollkommene Hexen. Danach verzogen sie sich an Susys Schminktisch und zauberten sich das Gesicht ihrer Hexenträume. Als sie fertig geschminkt waren, forderten sie Jimin auf:

„Es ist jetzt soweit: Unser Hexenritual kann beginnen! Komm zu uns Hexenbruder Jimin und lass uns den heiligen Kreis ziehen, der uns vor allen finsteren Mächten beschützen wird."

Jimin bekam ein ernstes Gesicht. So hatte er die beiden noch nie reden hören. Bisher hatte er sie auch nie in ihren Mänteln erlebt. Diese Sache war ihnen ernst, das konnte er spüren. Also stand er auf und hielt sich an alle Anweisungen seiner Hexenschwestern.

Susy führte sie direkt zum okkulten Ouija Brett. Sie schärfte Jimin noch einmal genau ein, dass er den Kreis nicht brechen durfte, weil es sonst gefährlich werden könnte. Dann nahm sie ein Stück Kreide, welches sie aus einer Box auf der Kommode geholt hatte. Zuerst breitete sie die Hände aus und rief die große Muttergöttin an. Jimin und Hannah begleiteten sie summend. Als nächstes kniete sie sich hin und zeichnete mehrere Sigillen.

„Diese Sigillen dienen zu unserem Schutz", erklärte sie ihren Hexenfreunden.

Als sie fertig war, nahm sie sich den kleinen Beutel mit Brennnesselsamen. Sie öffnete das lila Band, welches den bestickten Beutel geschlossen hielt und schnupperte daran. Dann lächelte sie Hannah zu. Leicht gebückt lief sie um das Samttuch und ihre beiden Freunde herum. Als sie fertig war, stellte sie sich breitbeinig in die Mitte. Erneut rief sie die große Muttergöttin an und bat um deren Schutz. Abschließend wandte sie sich an die vier magischen Himmelsrichtungen. Gerade als sie fertig war und etwas zu Hannah sagen wollte, zerriss ein heftiger Donnerschlag die Stille.

„Wow!", entfuhr es Jimin, „das startet ja gut."

Ein Blick zu Hannah verriet Susy, dass es Hannah nicht besonders gut fand. Sie selbst machte sich keine Sorgen. Denn der Kreis war gezogen und die Sigillen würden sie zusätzlich schützen. Blitz und Donner waren ein Zeichen der Natur. Vielleicht wollte ihnen die Muttergöttin so ihren Beistand geben.

Sie setzten sich zu je einer Seite vom Ouija Brett. Nebenbei entzündete Susy einige neue Kräuter in einer Schale, die sie erst gestern von einer neuen Online Bestellung geliefert bekommen hatte. Der Duft hüllte schnell den Raum ein und gab ihnen eine spirituelle Atmosphäre. Als letztes holte sie den kleinen Schieber aus der Box und legte ihn auf das Ouija Brett.

„Ok meine hochverehrten Hexenfreunde", schmunzelte Susy, „willkommen in unserem Hexenkreis. Wir sind heute hier, weil wir die Geister um Rat wegen unseres Covens fragen wollen!"

„Denkst du sie werden antworten?", fragte Jimin skeptisch.

„Glaube mir", sagte Hannah sehr ernst, „sie werden antworten. Aber ob uns die Antwort gefallen wird, das wird sich erst noch zeigen."

„Wieso bist du so miesepetrig?", wollte Susy wissen, „ohne das Ouija Brett hätten du und Jimin sich niemals kennengelernt."

„Ist ja schon gut. Ihr habt recht", erwiderte Hannah einsichtig, „lasst uns die Magie anrufen!"

Jetzt lachten alle drei. Kaum dass Hannah ihre negativen Schwingungen losgelassen hatte, änderte sich die Aura im Raum. Die Muttergöttin unterstrich es mit einem grellen Blitz. Susy erklärte Jimin genau, wie sie den Holzschieber zu benutzen hatten. Susy als Fragestellerin würde zwei Finger auf den Schieber legen und Jimin und Hannah jeweils einen. Wichtig war, dass niemand einen eigenen Impuls in das Brett gab, sie sich aber auch nicht sträuben durften, sobald der Schieber sich in Bewegung setzte. Als ihre beiden Mithexen alles abgenickt hatten, begann sie mit ihrer ersten Frage.

Sie hatte sich dazu entschieden, heute den gehörnten Gott befragen zu wollen. Seit ihrem letzten Kontakt mit dem Ouija Brett; vor allem weil sie so Jimin gefunden hatten, hatte Susy nochmal extrem viel recherchiert. Der Abenteuergeist, für den der gehörnte Gott stand, war genau die Art Energie, die sie bräuchten, um ihren Hexencoven in Gang zu bringen.

„Gehörnter Gott", rief sie mit tiefer Stimme, „deine treuen Dienerinnen rufen dich um Rat an. Sage uns, was wir tun müssen für unser erstes magisches Ritual?"

Dreimal wiederholte sie ihre Frage, dann warteten sie ab. Während ihrer drei Fragen hatten zweimal Donner und Blitz den Raum aufgeladen. Sie spürten wie die magische Energie immer stärker wurde. Erst geschah einige Momente nichts; dann schwebte der Schieber im Schneckentempo zum ja.

Die drei sahen sich an. Es war Jimin, der zuerst lächelte. Mit einem Kopfnicken zeigte er Susy an, dass sie weiter fragen sollte. Doch sie war ein wenig verwirrt. Sie hatte sich die letzten beiden Tage auf diesen Moment vorbereitet und alles über den gehörnten Gott recherchiert. Dabei hatte sie nicht nur schöne Geschichten zu Tage gefördert. Jetzt schien es, als ob diese legendäre Wesenheit bereit war, mit ihnen zu reden. Sie musste sich ihre nächste Frage genau überlegen.

„Wann", fragte sie ernst, „sollen wir unsern ersten großen Hexenkreis abhalten?"

Hatten sie ihre beiden Mithexen bis eben noch angestarrt, weil sie neugierig gewesen waren, was sie als nächstes fragen würde, guckten sie jetzt alle drei auf den kleinen Schieber mit dem Loch in der Mitte. Es dauerte keine Sekunde und er setzte sich wie von Zauberhand in Bewegung. Statt wieder zum ja zu fahren, steuerte er diesmal einen Buchstaben an. Auf den ersten folgten zwei weitere, bevor er stoppte.

„Neu?", fragte Hannah unschlüssig, „was meint er mit neu?"

Susy wusste es nicht. Es war erst einmal nur wichtig, dass sie eine Antwort bekommen hatten. Über die Bedeutung könnten sie sich später den Kopf zerbrechen. Denn eine Frage wollten sie dem gehörnten Gott noch stellen:

„Was rätst du uns für unser erstes Ritual?"

Die drei starrten wieder auf den kleinen Schieber. Er stand still. Gebannt blickten sie weiter drauf und warteten ab, doch nichts geschah. Erst als ein heftiger Blitz den Raum aufleuchten ließ, begann sich das Holzstück zu bewegen. Unter lautem Donnern folgten sie seinen Bewegungen. Präzise steuerte er drei Buchstaben hintereinander an, bevor er still liegen blieb.

„ING?", fragte Jimin verwirrt, „was soll das bedeuten. Ich meine NEU ist wenigstens ein Wort, aber ING ergibt gar keinen Sinn."

Nachdenklich stimmte Susy ihm zu. Doch jetzt war nicht der richtige Zeitpunkt, sich darüber auszutauschen, was die Antworten bedeuteten. Das Ritual musste ordentlich zum Abschluss gebracht werden, andernfalls könnte die Magie ungeahnte Folgen haben.

„Später Jimin", sagte sie schließlich ernst zu ihm, als er weiter rummeckerte, „wir müssen zuerst das Ritual beenden und dann den Schutzkreis aufheben. Dann können wir uns die Köpfe zerbrechen, was uns der gehörnte Gott sagen will!"

Jimin klappte augenblicklich die Kinnlade hoch. Das freute Susy. Sie war immer mehr angetan von ihrem neuen magischen Freund. Er schien tatsächlich den Ernst der Magie und ihres Rituals erfasst zu haben. Vielleicht war er wirklich das fehlende Glied zu ihrem Coven.

Als Dank für die Antworten verbrannte Susy noch ein paar extra teure Kräuter, die sie vor langer Zeit bei Paul gekauft und für einen besonderen Moment aufgespart hatte. Dann packte sie das Ouija Brett vorsichtig zurück in die Kiste. Schließlich standen sie auf. Mit tiefer Stimme dankte Susy allen magischen Mächten, der großen Muttergöttin und ganz besonders dem gehörnten Gott für ihre Unterstützung. Dann löste sie den Kreis auf, wie sie es in dem Youtube Video eines großes Wiccakanals gelernt hatte.

Als der Zauberkreis geöffnet und das Ritual beendet war, bat sie ihre beiden Gäste sich hinzusetzen. Derweil räumte sie auf. Zuerst fegte sie vorsichtig die Brennnesselsamen zusammen und füllte sie zurück in den kleinen Beutel. Dann stellte sie die Kiste mit dem Ouija Brett zurück an ihren Platz. Zum Schluss faltete sie das Samttuch zusammen und räumte es weg. Die Schale, in der die Asche mit den verbrannten Kräutern lag, leerte sie im Mülleimer aus. Dann öffnete sie einen neuen Beutel mit Kräutern, entzündete frische Kohle und ließ den Lavendelduft den Raum verzaubern.

Eilig verließ sie das Zimmer. Ihr Magen knurrte und sie war sich sicher, dass es den beiden anderen auch nicht besser ging. Sie brauchten dringend einen Snack, denn das

Ritual war anstrengend gewesen. Im Schrank fand sie eine Tüte mit Bio-Chips und zwei große Tafeln vegane Schokolade. Aus dem Kühlschrank holte sie Saft und goss ihn in drei Gläser. Dann nahm sie noch ein paar Schalen aus dem Geschirrschrank und stellte alles auf ein Tablett.

„Super Service", sagte Jimin, als sie mit dem Tablett oben ankam.

Keinen Augenblick zu früh, dachte Susy. Denn er und Hannah hatten sich auf ihrem Bett eng aneinander gekuschelt. So sehr sie die beiden mochte (seit dem Ritual war sie Feuer und Flamme für Jimins magische Seite), sie wollte nicht, dass sich die beiden auf ihrem Bett einer wilden Knutschorgie hingaben. Das konnten sie woanders und vor allem dann tun, wenn sie nicht dabei war.

Hannah griff sich die beiden Gläser und gab eins ihrem Freund. Susy schob den großen Sessel näher ans Bett heran, um die Beine hochlegen zu können. Auch sie spürte die Erschöpfung. Schon bei den ersten beiden Malen hatte sie sich danach wie ausgelaugt gefühlt. Draußen war es ruhiger geworden.

Es blitzte und donnerte nicht mehr, nur der Regen prasselte gleichmäßig ans Fenster.

Sie entspannten sich. Susy hatte die Augen geschlossen und Jimin und Hannah hatten sich unküssend nach hinten ins Bett fallen lassen. Die erste Schokolade hatten sie quasi mit einem Mal eingeatmet. Der Zucker sollte ihren Gehirnen neue Kraft geben. Die zweite Tafel lag auf dem Bett und die Turteltauben bedienten sich. Susy naschte Chips aus ihrer Schale. Fast zwanzig Minuten vergingen, in denen keiner ein ernstes Wort sagte. Dann hielt es Jimin nicht mehr aus und fragte:

„Was bedeuten die Antworten Susy?"

Sie wusste es nicht, war ihr erster Gedanke. Doch das konnte sie den beiden nicht sagen. Schließlich erwarteten sie von ihr, dass sie die Magie verstand, denn das war ihre Rolle. Also lächelte sie erst einmal neunmalklug:

„Alle Antworten, die uns das Ouija Brett gibt, sind verschlüsselt. Auch als es uns zum Kriegerdenkmal geführt hatte, wussten wir nicht, dass wir dich dort finden würden. Wir müssen herausfinden, was sie bedeuten. Das ist wie eine Art magisches Detektivspiel und ein wesentlicher Teil der Arbeit einer Hexe."

Jimin schaute sie unschlüssig an. Scheinbar überforderte ihn Susys sinnleeres Palaver. Hannah lächelte, sie wusste ganz genau, dass Susy keine Ahnung hatte, was die Antworten des Ouija Brettes bedeuteten und sie sich nur Zeit verschaffen wollte. Aber auch sie hatte keine Ahnung, was all das bedeutete. Die Antworten waren so kryptisch, dass es sicher nicht einfach werden würde, den Sinn darin zu finden.

„Lasst es uns ganz systematisch angehen", sagte Hannah nachdenklich.

„Du hast recht", erwiderte Susy erleichtert.

Dann entspann sich zwischen den Dreien ein Gespräch über die Antworten des Ouija Brettes. Die erste Antwort schien klar zu sein. Es war ein einfaches ja gewesen. Das klang sehr danach, als ob ihnen der gehörnte Gott seinen Segen gegeben hatte, um ihr Hexenritual abzuhalten. Das war ein gutes Zeichen. Da waren sich alle drei einig.

Dann kamen sie zur zweiten Antwort. Das kleine Wort NEU konnte alles mögliche bedeuten. Doch es musste irgendetwas mit einer bestimmten Zeit zu tun haben. Sie musste nur herausfinden, was es war. Jede:r gab seine Ideen dazu. Doch keine schien zu passen. Grübelnd saßen sie da und wussten nicht weiter. Schließlich griff Susy sich ihr Tablet und gab das Wort NEU und die Frage „wann?" ein.

„Seht mal", sagte sie überrascht, „was das Tablet ausgespuckt hat."

Die beiden standen auf und kamen zu ihr. Susy zeigte ihnen die Einträge. Darunter war sehr viel Kauderwelsch, der überhaupt nicht hilfreich war. Doch Susy zeigte mit dem Finger auf einen Eintrag. Jedem der drei war sofort klar, dass das wirklich ihre Antwort sein könnte.

„Also steht NEU für Neumond?", fragte Jimin unsicher.

Zwischen ihnen ging das wilde Rätselraten weiter. Susy startete mit einem Monolog über die Bedeutung des Neumondes für die Hexen und welche magischen Kräfte ein Neumond wachrief. Dann scrollte Hannah durch ihr Handy. Sie stellte fest, dass der nächste Neumond in knapp drei Wochen erscheinen würde. Er würde sogar auf eine Samstagnacht fallen. Den drei war sofort klar, was das hieß: Es war der Termin für ihr erstes offizielles Covenritual.

Eine Antwort war noch offen. Jimin sprach es laut aus, dass er keine Ahnung hatte, was die Silbe ING bedeuten sollte. Auch Hannah zuckte mit den Schultern. Selbst Susy hatte keine andere Wahl, als zuzugeben, dass sie keinen blassen Dunst hatte. Als dann jeder der drei erfolglos durchs Internet scrollte und alles mögliche eingab, um einen Hinweis zu kriegen, was damit gemeint sein könnte, gaben sie auf. Denn sie fanden nichts.

Die Stimmung kippte langsam. Ratlosigkeit machte sich breit. Ein Blick auf die Uhr verriet ihnen glücklicherweise, dass es für Hannah und Jimin Zeit war nach Hause zu gehen. Sie würden an einem anderen Tag weiter grübeln, was es mit dem mysteriösen ING auf sich hatte. Susy brachte die beiden runter und sie verabschiedeten sich von ihren Eltern, die es sich auf der Couch gemütlich gemacht hatten, um ihre üblichen Podcasts zu hören. An der Haustür gab es dann noch eine magische Umarmung.

Kaum dass die Tür geschlossen war, lächelte Susy. Denn die dritte Antwort hatte ihr Feuer geweckt. Sie schwor sich nicht zu ruhen, bis sie eine Antwort gefunden hatte. Sie war sich sicher, dass sie die magischen Kräfte damit herausforderten. Nur eine Hexe, die in der Lage war, solch ein Rätsel zu lösen, konnte mit ihrer Unterstützung rechnen, da war sie sich sicher. Also musste sie zeigen, was in ihr steckte. Selbst wenn es hieß, dass sie bis zum Morgengrauen wach bleiben müsste.

Als allererstes holte sie sich das große Wörterbuch aus dem Wohnzimmer. Ihre Eltern schenkten ihr nur einen kurzen Blick, als sie sich das große Buch schnappte und widmeten sich dann wieder ihrem Yogitee und dem Podcast. Susy hätte sich sowieso nicht aufhalten lassen. Sie trug das Buch hoch in ihr Zimmer und nahm sich ihren Schreibblock und ihren Lieblingsstift. Dann schlug sie das Wörterbuch auf.

Sie schlug die Seite auf, bei welcher der Buchstabe „I" startete. Dann blätterte sie so weit, bis die Wörter mit der Kombination Ing anfingen. Es waren deutlich weniger Wörter als erwartet. Das bekannteste Wort war Ingenieur. Von anderen Wörtern, die mit ING starteten wie ingressiv hatte sie noch nie etwas gehört. Nichts davon schien zu ihrem Hexencoven zu passen. Dennoch schrieb sie vorsichtshalber alles interessante auf, um später darauf zurückgreifen zu können, falls es doch noch wichtig würde.

Das Wörterbuch hatte ihr leider nicht weiter geholfen. Frustriert setzte sie sich aufs Fensterbrett. Der Mond schien zwischen den Wolken. Eigentlich sollte sie mit dem Abend zufrieden sein. Jimin hatte nicht nur der Zauberumhang gefallen, er hatte sich auch als passabler Hexer herausgestellt. Sogar das magische Ritual mit dem Ouija Brett hatte hervorragend funktioniert. Warum war sie dann trotzdem nicht zufrieden? Weil sie es hasste, wenn sie etwas nicht wusste.

Als Susy sich die Sache genauer durch den Kopf gehen ließ, wirkte es fast so, als ob sie das Ouija Brett herausfordern wollte. Die erste Antwort war ein einfaches ja gewesen. Als nächstes war das Wort NEU erschienen und es hatte ihnen ernsthaft Kopfzerbrechen bereitet, zu verstehen, was es bedeutete. Als letztes war die Silbe ING aufgetaucht.

Es wirkte fast so, als ob das Ouija Brett jede Antwort schwerer gemacht hatte. Für Susy konnte das nur bedeuten, dass die magischen Kräfte sie herausforderten, um zu sehen, wie gut sie war. Leider schien es, als ob sie dabei war, kläglich zu scheitern. Denn so sehr sie sich den Kopf zerbrach: Ihr fiel nichts ein.

Plötzlich kam ihr eine Idee. Denn wenn es ihr nicht gelang, die Antwort zu finden, dann könnte ihr vielleicht jemand anderes helfen. In der ganzen Stadt gab es nur eine Person, die dafür in Frage kam und morgen früh nach dem Frühstück würde sie diese Person aufsuchen!

8

Sie schloss ihr Fahrrad an der Laterne an. Als sie die Tür öffnete, schellte die Glocke, die über dem Rahmen angebracht war. Paul sah von dem Buch hoch, in dem er gerade las und stellte seine Tasse Tee zur Seite.

„Susy um diese Zeit? Welche Magie hat dich so früh aus dem Bett gejagt?"

Mit traurigen Augen erzählte sie Paul ihre Misere. Sie ließ kein Detail aus. Während sie ihm alles erzählte, kam er ihr tatsächlich vor wie ein alter Zaubermeister. Sie hatte keine Ahnung wie Merlin der große Zauberer aus der Artussage ausgesehen hatte, aber Paul würde direkt ins Bild passen.

Als sie fertig war, lachte er. Augenblicklich wurde sie knallrot. Sie mochte es gar nicht, wenn man sie nicht ernst nahm. Scheinbar bemerkte es Paul und beruhigte sie sofort. Er holte eine zweite Tasse und stellte sie zu seiner. Dann verschwand er kurz hinterm Vorhang und kam dann mit heißem Wasser zurück.

„Susy meine liebe Junghexe", fing er an und strich sich dabei über seinen langen, grauen Bart, „Hexen hat es in allen Kulturen der Erde gegeben. Wenn du eine echte Junghexe werden willst, dann musst du alle studieren. ING ist der Name einer alten heiligen Rune und die Runen sind eine magische Sprache genau wie die Sigillen."

Pauls Wörter hatten einen Sturm in ihrem Gehirn ausgelöst. Zuerst schämte sie sich, dass sie nicht selbst drauf gekommen war. Sie hatte selbstverständlich schon von den Runen gehört und sogar im Internet einen Blog dazu durchstöbert. Jedoch hatte Paul den Nagel auf den Kopf getroffen: Sie hatte eine echte Wissenslücke.

Nach dem Tee hatte sie sich dankend von Paul verabschiedet. Draußen war sie eilig auf ihr Fahrrad gestiegen und nach Hause abgedampft. Schon während der Fahrt mit dem Fahrrad merkte sie, wie sich ihre Laune verbesserte. Der Besuch beim alten Paul war ein voller Erfolg gewesen. Nicht nur, dass sie ihre Antwort erhalten hatte; in ihr war auch die Neugier geweckt worden.

Kaum zuhause angekommen, eilte sie hoch, ohne ihren Eltern mehr Aufmerksamkeit zu schenken als ein armseliges Hallo. Daraufhin hatte ihr Vater laut gelacht und ihre Mutter verstehend gelächelt. Sie kannten ihre Susy zu gut. Wenn sie irgendeine fixe Idee hatte, bekam sie einen Tunnelblick und vergaß den Rest der Welt einfach.

Oben angekommen, schnappte sie sich ihr Tablet und ließ sich aufs Bett fallen. Sie ging zur Suchseite und gab die Begriffe Runen und Ing ein. Zu ihrem Erstaunen ploppte eine ganze Palette an Blogs, Homepages und Foren zum Thema Runen auf und in allen darin gab es etwas über die Rune Ing, die auch Ingwaz genannt wurde.

Sie fand heraus, dass diese Rune wie ein Kokon zu verstehen war. Es ging um einen Reifeprozess. Sie erkannte sich und Hannah sofort darin. Sie waren Raupen und es war Zeit, sich ihren Kokon zu spinnen, um zu echten Hexen zu werden. Deshalb musste es unbedingt mit dem Coven klappen. Jetzt da sie das Geheimnis der dritten Antwort des Ouija Brettes entschlüsselt hatte, schöpfte sie wieder Hoffnung. Ingwaz war eine heilige Rune. Sie stand für Fruchtbarkeit, was so viel hieß, dass sie reiche Zauberfrüchte ernten würden.

Am liebsten wäre sie sofort zu Hannah gefahren und hätte ihr alles von ihren neuen Erkenntnissen erzählt. Jedoch war sie sich nicht sicher, ob sie zuhause oder bei Jimin war. Früher wäre das klar gewesen, aber die Zeiten hatten sich geändert. Also schnappte sie sich ihr Handy und richtete eine Gruppe in ihrer App ein, in der Jimin, Hannah und sie waren. Sie nannte die Gruppe: unser Hexencoven und wählte als Profilbild einen schwarzen Hexenbesen vor einem runden, lila Vollmond.

Dann tippte sie die erste Nachricht in den Gruppenchat: Habe das Rätsel gelöst. Zu ihrer Überraschung war es Jimin, der als erstes mit einem Bildchen antwortete, auf dem ein flauschiger Tiger zu sehen war, der applaudierte. Erst mehrere Minuten später antwortete Hannah mit einem knappen Daumen hoch.

Aus dieser Zeitverzögerung schlussfolgerte Susy, dass Hannah nicht bei ihrem Jimin war. Deshalb entschied sie sich, Hannah per Videocall zu kontaktieren. Es klingelte, doch Hannah drückte sie weg. Susy war verwirrt. Doch falls sie zuhause war, dann würde es ihr Verhalten erklären. Bei ihr hing öfter der Haussegen schief, wenn es zwischen Hannah und ihrer Mutter zum Streit kam.

Zwanzig Minuten später klingelte endlich das Telefon. Hannah erschien mit verheulten Augen. Wie es aussah, hockte sie auf der Toilette. Susy war nicht so oft bei ihr, weil Hannah lieber zu ihr kam, um den Streits mit ihrer Mutter auszuweichen. Doch das Bad konnte sie genau erkennen. Aber das war jetzt nicht wichtig. Sie musste zuerst ihre Freundin trösten und dann rauskriegen, was der Grund für ihre Tränen war.

Wie sich zeigte, hatte Hannahs Mum wieder einen ihrer besonderen Tage gehabt. Doch diesmal war sie extrem fies, denn sie wollte Hannah den Kontakt zu Jimin verbieten. Wie Hannah ihrer Freundin erzählte, hatte sie gestern Nachmittag, bevor sie rüber zu Susy gegangen waren, Jimin zum ersten Mal ihrer Mutter vorgestellt. Diese hatte sich nichts anmerken lassen, war jedoch noch kühler als sonst gewesen. Doch heute morgen hatte sie die Bombe platzen lassen und ihr verboten, Jimin wiederzusehen, weil sie nicht wollte, dass ihre Tochter einen festen Freund hatte, bevor sie achtzehn war.

Susy gab alles, um Hannah zu beruhigen. Aber es war schwieriger, als gedacht. Kaum dass sie es geschafft hatte, Hannah mit ein paar netten und weisen Zitaten und mit ein paar amüsanten Witzen aufzuheitern, verfiel diese nach einigen Momenten wieder ins Heulen. Ihre Angst war einfach zu groß. Susy gab jedoch nicht auf und nach über einer halben Stunde hatte sie ihre beste Freundin endlich so weit, dass sie nicht mehr weinte. Sie fing sogar an, sich die verschmierte Schminke aus dem Gesicht zu wischen. Sie legte neues Make-up auf und versprach gleich zu Susy zu kommen, damit diese ihr erzählen konnte, was sie über die Antwort des Ouija Brettes herausgefunden hatte.

Während Susy auf Hannah wartete, vertiefte sie sich noch einmal in ihre drei Antworten. Sie nahm sich ihren Block und legte eine Tabelle mit drei Spalten an. In den Kopf jeder Spalte schrieb sie die drei Antworten und dann schrieb sie darunter, was ihr dazu eingefallen war und was sie recherchiert hatte. Als sie fertig war, sah sie sich ihr Werk an. Etwas fehlte. Also schlug sie eine neue Seite auf. In die Mitte schrieb sie das Wort Coven und zog einen Kreis um das Wort. Dann schrieb sie jedes Wort auf, dass ihr dazu einfiel und verband es durch eine Linie mit dem Hauptwort.

Es war interessant, was sie aufgeschrieben hatte. Am stärksten waren die Erlebnisse mit dem Ouija Brett vertreten. Wo sie auf jeden Fall noch mehr herausfinden musste, war, wie sie den Coven durchführen sollten. Sie war schon drauf und dran, sich ihr Tablet zu schnappen, um mit einer neuen Recherche anzufangen; da klingelte es unten an der Tür.

Mit breitem Grinsen rannte sie runter. Die Vorfreude war herrlich. Auch wenn Hannah mit schlechter Laune kam, so kam sie doch. Seit mehreren Tagen hatte sie das schon nicht mehr getan, weil sie immerzu bei Jimin sein wollte. Aber jetzt in ihrer dunkelsten Stunde brauchte sie ihre Freundin endlich wieder.

Als sie die Tür aufmachte, wirkte Hannah immer noch niedergeschlagen. Zum Glück hatte sie ihr Make-up aufgefrischt, so dass sie nicht mehr wie eine wandelnde Untote aussah. Instinktiv fiel ihr Susy um den Hals und streichelte sie. Das fiese Spiel zwischen Hannah und ihrer Mutter begleitete sie jetzt schon seit den Tagen, als ihre Freundschaft begonnen hatte. Es hatte Zeiten gegeben, da war Hannah kurz davor gewesen, einfach wegzulaufen. Nur durch Susys Unterstützung hatte sie sich jedes Mal wieder gefangen.

In den letzten Wochen war es überraschend ruhig gewesen. Susy hatte schon geglaubt, dass in Hannahs zuhause endlich Frieden eingekehrt war. Dass es jetzt so eskalieren würde, hätte sie nicht gedacht. Aber bei Hannahs Mutter wusste man nie, woran man war. Es machte auch keinen Sinn, mit ihr zu reden. Susy hatte es ein paarmal probiert, doch schon nach ein paar Minuten hatte Hannahs Mutter eiskalt gesagt, falls sie Hannah weiterhin besuchen kommen wolle, dann sollte sie besser ihre Klappe halten, sonst würde sie Hausverbot kriegen.

Zuerst schleifte sie Hannah in die Küche. Ihre Mum war gerade am Backen. Ein Blick von ihr reichte, um zu verstehen, in welcher Verfassung Hannah war. Sie nahm die Freundin ihrer Tochter in den Arm. Dann setzten sie sich an den Tisch und Susys Ma begann zu zaubern. Zuerst mixte sie einen frischen Smoothie und dann zauberte sie einen Salat mit gebratenen Sojastreifen und selbst gemachter Soße, in der die frischen Kräuter aus ihrem Garten drin waren.

Hannah schwieg und sah Susys Mum zu. Susy genoss es. Denn ihre Mum war die perfekte Gastgeberin. Sie war froh, dass sie sich immer auf sie verlassen konnte. Gerade jetzt wo sie erlebte, wie sehr Hannah wegen ihrer Mutter litt, wurde ihr bewusst, wie viel Glück sie mit ihren Eltern gehabt hatte.

Als Susys Mum das Essen servierte, langten die Mädchen kräftig zu. Um Hannahs Mund bildete sich grüner Schaum vom Smoothie und Susy musste anfangen zu lachen. Kurz hielt Hannah inne. Als Susy mit dem Finger auf ihren Mund zeigte und eine Kreisbahn formte, verstand Hannah und musste selber lachen.

Nach dem gesunden Snack verzogen sie sich auf Susys Zimmer. Hannah ließ sich einfach ins Bett fallen und starrte an die Decke. Dass Susys Block und ihr Tablet auf dem Bett lagen, ignorierte sie. Sie brauchte einfach einen Moment, um klarzukommen. Susy ließ sich davon nicht abhalten. Zuerst suchte sie die passende Musik auf dem Tablet. Dann schnappte sie sich ihren Block und ließ sich rückwärts neben Hannah ins Bett fallen.

Sie starrten gemeinsam an die Decke. Bevor Jimin auf der Bildfläche erschienen war, hatten sie das ständig gemacht. Manchmal hatten sie dann gefühlte Ewigkeiten nichts gesagt oder eine hatte etwas belangloses von sich gegeben und die andere hatte gelacht.

Susy mochte dieses Gefühl, einfach nur mit Hannah dazuliegen, die Welt zu vergessen und frei zu sein.

Nach einiger Zeit fragte Hannah, was sie über die dritte Antwort des gehörnten Gottes herausgefunden hatte. Als ob sie nur auf diese Frage gewartet hatte, schnellte Susy in die Höhe. Sie setzte sich hin, schnappte sich ihren Notizblock, legte ihre tiefe Bassstimme auf und begann ihren Vortrag.

Zuerst rekapitulierte sie, wie zufrieden sie mit dem Abend war und wie gut sie sich als Trio in ihrer ersten Feuertaufe bewährt hatten. Dann kam sie auf die ersten beiden Antworten zu sprechen und was sie noch alles bis zum kommenden Neumond planen mussten. Schließlich kam sie auf das ING zu sprechen.

Zuerst erzählte sie ihrer Freundin von ihren Gefühlen und wie sicher sie sich war, dass die Magie sie testen wollte. Dann erzählte sie, wie sie beschlossen hatte, den alten Paul um Rat zu fragen, weil sie selbst nach langer Recherche nichts herausgefunden hatte. Dass er ihr tatsächlich eine Antwort gegeben hatte, bezeichnete sie als kleines Wunder. Als sie dann Hannah von den Runen erzählte und welche Macht sie hatten, wurde diese hellhörig.

„Dieses ING steht also für die Erdmagie?", fragte Hannah.

So hatte Susy es noch nie gesehen. Die Erde war gerade Thema ihrer letzten Projektwoche gewesen. Dort hatten sie alles mögliche zu den weltweiten Umweltzerstörungen und dem Klimawandel gelernt. Beide hatten es super gefunden, besonders weil sie nicht dauernd in der Klasse rumhockten, sondern ihre Projektarbeit da machen konnten, wo sie wollten. Sie hatten sich einen Platz in der Schulbibliothek gesucht, der versteckt in der Ecke lag. Dann hatten sie eine Präsentation auf dem Computer erstellt und ein eigenes Video gedreht. Für beides hatten sie die besten Noten der Klasse bekommen.

„Vielleicht sollten wir bei dem Ritual die Erdgöttin anrufen", spann Susy vor sich hin, „damit sie uns hilft, den Klimawandel zu stoppen?"

Hannah lachte, aber dann dachte sie nach. Die Idee war besser, als sie auf den ersten Moment wirkte. Dieser Planet hatte jede

Hilfe nötig, die er kriegen konnte. Denn die ständigen Meldungen aus den Nachrichten über die zerstörte Umwelt und die extremen Wetterbedingungen machten allen in der Schule Angst, sogar den Sportlertypen.

„Wir widmen unser erstes Ritual als Coven der heiligen Mutter Natur", sagte Susy stolz, „damit sie ihre Kräfte wieder sammeln und alles heilen kann! Wie findest du das?"

Hannah sah sie mit großen Augen an und strahlte. Es wirkte, als hätte sie den Stress mit ihrer Mum völlig vergessen. Als Susy das bemerkte, nahm sie ihre Freundin in den Arm. Dann ließ sie sich wieder ins Bett fallen und starrte weiter an die Decke. So lagen sie eine Stunde da, bis Hannah vorschlug, sich mit Jimin im Bubble-Tea Shop zu treffen.

Susy überraschte der Vorschlag wenig. Es wäre verwunderlich gewesen, wenn sie sich von ihrer Mutter davon hätte überzeugen lassen, Jimin nie wiederzusehen. Plötzlich wurde Susy klar, dass der Streit auch einen Vorteil hatte, denn dann konnten sie sich zukünftig öfter bei ihr Treffen und über die Hexerei reden und das Ouija Brett befragen.

Die beiden machten sich fertig, was so viel hieß, dass sie sich gegenseitig schminkten. Das taten sie gerne, um sich überraschen zu lassen, wie die andere sie stylte. Ein Blick in den Spiegel und sie waren zufrieden. Susy kramte noch ein paar Hexenaccessoires raus. Das war eine Kette mit Besenstielanhänger, welche sie Hannah gab und ihr magischer Armreif, in den ein Kräutermix eingearbeitet war, der seine Trägerin schützen sollte.

Bevor sie losfuhren, schnappten sie sich noch ein paar der Ingwer-Muffins, die Susys Mutter gebacken hatte. Schmatzend fuhren sie einige Augenblicke später die Straße runter. Heute waren beide mit ihren Rollern unterwegs. Die waren handlicher; aber vor allem fand Jimin, dass es cooler wäre, wenn sie alle mit Rollern fuhren. Schließlich waren sie ein Coven und die Leute sollten sehen, was sie alles gemeinsam hatten.

Als sie ankamen, saß Jimin schon an seinem Lieblingsplatz in der Ecke beim Fenster. Erst als sie ihn ansprachen, bemerkte er, dass sie da waren. Zuvor war er zu vertieft in das neueste Kästchen seines Mangas gewesen. Susy guckte es sich kurz an, bevor sie Jimin zur Begrüßung umarmte. Die Zeichnung war gut. Susy hatte den Eindruck, dass Jimin sich seit ihrem Kennenlernen ernsthaft verbessert hatte. Zu sehen war die Skizze eines Jungen, der das Schwert eines Samurai trug. Dieser duellierte sich mit einem bösen Monster.

Nachdem sie sich begrüßt hatten, holten sich die beiden Mädchen ihren Bubble-Tea und drei Mini Packungen mit Krabbenchips. Als sie zurück an den Ecktisch kamen, war Jimin schon wieder total in sein Manga vertieft. Susy sah, dass der Junge mit dem Samuraischwert fertig gezeichnet war. Durch viele parallele Linien hatte es Jimin sogar geschafft, es so wirken zu lassen, als ob sich der Junge mit seinem Schwert blitzschnell bewegen würde.

Jimin stand kurz auf und ließ Susy durch, damit sie direkt ans Fenster konnte. Sie liebte diesen Platz. Dann kramte sie in ihrer Tasche und holte ihren Block raus. Nebenbei waren Hannah und ihr Angebeteter damit beschäftigt, sich zu begrüßen. Auch wenn sie noch nicht mit Zunge küssten, so war der Kuss, den sich die beiden gaben, für Susy deutlich zu lange. Sie schlürfte einmal laut an ihrem Bubble-Tea, damit die beiden wieder mitbekamen, dass sie nicht allein waren.

Dann riss sie das Gespräch an sich. Ihrer Freundin Hannah hatte sie bereits alle ihre Neuigkeiten erzählt. Jetzt war Jimin an der Reihe. Sie begann wieder mit ihrer Tabelle und den beiden anderen Antworten. Jimin hörte sich alles geduldig an, obwohl er all das bereits wusste. Doch sie schien es spannend machen zu wollen und ließ sich Zeit, bevor sie ihm von den Runen erzählte und was die Rune ING bedeutete.

„Also sollen wir bei unserem ersten Ritual Erdmagie praktizieren?", fragte Jimin mit tausend Fragezeichen in den Augen.

„Was meinst du mit Erdmagie?", sagte Susy, anstatt zu antworten.

Jimin schüttelte den Kopf, dann lächelte er. Endlich war der Moment gekommen, dass er mit seinem Wissen bei Susy punkten konnte. Er erzählte ihr, wie er bei der Idee für sein Manga für eine seiner Figuren recherchiert hatte, die ein junger Zauberer war. Dabei hatte er sich mit der Erdmagie beschäftigt. Wie er herausgefunden hatte, war das die alte Form der Magie, die noch auf die Zeiten vor den Wicca zurückging. Bei der Erdmagie war es das Ziel sich mit einem bestimmten Stückchen Land zu verbinden und dadurch dessen magische Kräfte nutzbar zu machen.

Die beiden lauschten ihm mit strahlenden Augen. Es gefiel ihnen sehr, dass ihr neues Mitglied plötzlich so viel Ahnung hatte. Susy war sogar für einen Moment sprachlos. Es veränderte ihre Sicht der Dinge. Vor allem veränderte es ihre Sicht auf Jimin. Denn es geschah selten, dass ihr jemand noch etwas über Magie beibringen konnte. Die einzige Ausnahme war bisher Paul gewesen. Der war leider zu alt für ihren Coven. Mehr und mehr entpuppte sich Jimin als glücklicher Wink des Schicksals. Definitiv aber hatte er ihr eine neue Aufgabe für ihre allabendlichen Recherchen gegeben. Doch bis dahin gab es noch ein paar andere Dinge zu klären. Susy zückte ihren Stift und malte auf ein frisches Blatt die schmale Scheibe eines Neumondes.

„Leute", sagte sie, „das Ouija Brett hat uns einen Termin genannt. Das hat es nur getan, weil dann die magischen Energien besonders stark sind. Wir müssen alles vorbereiten, damit unser erstes Ritual ein Erfolg wird!"

Kaum dass sie ihre kleine Ansprache beendet hatte, malte sie mehrere Striche an den Mond. An den ersten schrieb sie das Wort Hexenumhänge und machte dahinter einen Haken. Die beiden anderen schienen verstanden zu haben, was sie wollte und warfen ihr abwechselnd Wörter zu, die Susy schön lesbar an einen der Striche schrieb, die vom Neumond abgingen.

Nach einiger Zeit hatten sie mehrere Wörter gesammelt. Rund um die Mondsichel waren zu lesen: Kräuter, Ort, Friedhof, Schutzkreis, Erdmagie, Schutzbannsprüche und Gefahr. Bei den meisten stand dahinter etwas oder Susy hatte es abgehakt. Nur hinter dem Wort Gefahr prangte ein riesiges Fragezeichen. Hannah war auf das Wort gekommen. Ihr war der verrückte Professor eingefallen, der sie beim ersten Versuch mit dem Ouija Brett heimgesucht hatte. Sie hatte keinerlei Lust erneut eine solche Überraschung zu erleben. Schließlich würden sie auf einen echten Friedhof gehen und es war nicht klar, welche Geister dort ihr Unwesen trieben.

Jimin sah die Sache ganz locker. Bevor er den beiden Junghexen begegnet war, war der

Friedhof quasi sein Zuhause gewesen. Dort gab es nichts gefährliches außer vielleicht den Sohn vom Friedhofswärter. Der spielte gelegentlich verrückt, wenn er zu betrunken war. Allerdings kam er selten zu dem Teil, wo das Denkmal stand. Das war der verfallene Bereich des Friedhofs, der schon seit vielen Jahren nicht mehr benutzt wurde. Das Gras wucherte dort wild und bedeckte die Reste der alten Grabsteine. Es wäre der perfekte Ort für ihr Ritual, denn sie wären gut geschützt durch die Bäume, so dass sie niemand von der Straße aus sehen könnte.

Jimin schaffte es, Hannah für den Moment zu beruhigen. Aber Susy spürte, dass ihre Zweifel noch nicht ganz ausgeräumt waren. Tatsächlich blieb ein Risiko bestehen. Denn sie würden mindestens ein halbes dutzend Kerzen anzünden, damit der Coven auch die Kraft des Feuers nutzen konnte. Falls sie jemand erwischte, könnte das großen Ärger geben. Doch das Risiko mussten sie einfach eingehen, denn die Magie war zu wichtig, als dass sie es wegen einiger Gefahren sein lassen konnten. Susy war bereit und Jimin schien es auch zu sein und Hannah würde sich dann sowieso anschließen, schon allein weil sie so den Stress mit ihrer Ma vergessen konnte.

Doch noch gab es viel zu planen. Susy hasste es unvorbereitet zu sein. War für ihre beiden Freunde bereits alles klar, so war ihr Kopf voll von Frage- und Ausrufezeichen. Zu viele Dinge mussten geklärt und alle wichtigen Utensilien besorgt werden. Gerade schwirrte ihr das Bild eines Kelchs durch den Kopf, welchen sie jüngst auf einem Hexenportal im Internet gesehen hatte. Zwar hatte sie schon einen kleinen Kelch. Aber dieser wurde der Bedeutung ihres ersten Rituals als echter Coven nicht gerecht.

Das Problem war, dass er zu teuer war. Sie musste sowieso noch mehrere Sachen beim alten Paul besorgen und schon jetzt wurde ihr Geld knapp. Deshalb musste sie sich dringend eine rührselige Geschichte einfallen lassen, damit ihr Vater den Kelch bestellte. Meist gelang ihr das sehr gut, denn sie war sein kleiner Engel. Aber der Kelch war aus echtem Silber und wirklich teuer.

Die drei besprachen einige Einzelheiten und überlegten hin und her. Dann schwappte das

Gespräch ab, weil Hannah und Jimin wieder nur Augen füreinander hatten und Susy zum fünften Rad am Wagen degradierten. Darauf legte sie definitiv keinen Wert. Sie schlürfte ihren Bubble-Tea leer und knabberte ihre Packung mit Krabbenchips. Danach glitt sie wie ein Fisch vom Stuhl runter, gab Jimin eine anerkennende Umarmung, dafür das er sie so sehr beeindruckt hatte. Hannah gab sie einen liebevollen Schmatzer auf die Wange. Kaum dass sie die frische Luft vor dem Laden einatmete, schwang sie sich auf ihren Roller und fuhr Richtung Einkaufszentrum.

Mit wehendem Haar rollte sie am Zentrum vorbei zu der kleinen Seitengasse, in der Pauls Geschäft lag. Das Steinpflaster ließ die Räder ihres Rollers klackern. Als sie endlich Pauls Geschäft erreichte, strahlte sie über beide Ohren. Angekommen klappte sie ihren Roller zusammen und trat ein. Die Glocke über der Tür schellte und verkündete Paul, dass Kundschaft da war.

„Ich grüße dich kleine Hexe. Welche Zauber führen dich heute zu mir?" fragte der alte Mann lächelnd mit Pfeife im Mund.

Viel zu viele Paul!", antwortete Susy schwer atmend, „ich habe eine Liste an Utensilien, die ich brauche. Denn unser erstes Ritual als Coven rückt immer näher."

Ah, ich verstehe, der nächste Neumond ist nah", sagte Paul und zog die Augenbrauen hoch.

Die Junghexe nickte und legte ihm den Zettel auf den Ladentisch. Es standen vor allem Kräuter drauf. Paul war der einzige in der Stadt, der frisch, getrocknete Kräuter verkaufte. Da er eine ganze Schrankwand hatte, die voll mit kleinen Kästchen voller Kräuter war, vermutete Susy, dass seine Geschäfte gut liefen.

Mit der Ruhe eines alten Braunbären ging Paul die Liste durch. Er wog jedes Kraut penibel ab und notierte alles auf einem kleinem Zettel. Danach verpackte er alles in hellbraunem Butterpapier. Als er fertig war, nahm er eine kleine Plastiktüte und packte die kleinen Päckchen sorgsam ein. Susy hatte dabei jede seiner Bewegungen verfolgt. Sie liebte es, ihm zuzusehen. Seine entspannte Gemächlichkeit erschien ihr wie aus einem anderen Jahrhundert, als die Menschen noch gemütlich waren und nicht pausenlos durch die Gegend hetzten.

„Noch ein Ratschlag kleine Hexe", sagte Paul ernst, „unterschätze die Gefahren nicht, die auf dem magischen Weg lauern!"

Dann drückte er ihr das Paket in die Hand und sie bezahlte mit ihrem Handy. Irgendwie hatte sie sein Ratschlag sprachlos gemacht. Paul hatte sie noch nie vor irgendetwas gewarnt. Er war immer der, der sie zu allem ermutigte und ihr Wege zeigte, um weiter zu gehen, wenn sonst kein Ausweg mehr zu sehen war. Sie sollte es also nicht einfach abtun und sehr gewissenhaft vorgehen.

Zuhause nahm sie sich als erstes eine Liste und schrieb Punkt für Punkt auf, wie sie sich den Ablauf ihres ersten Rituals vorstellte. Dabei fiel ihr sofort auf, dass sie noch zu wenig über den Friedhof wusste. Bisher hatte sie ihn nur von außen gesehen. Erst jetzt wurde ihr klar, dass das nicht ausreichte, um sich auf alles vorzubereiten. Sie beschloss morgen dorthin zu fahren, um ihn sich genau anzugucken.

Da sie an dieser Stelle nicht weitermachen konnte, ehe sie den Friedhof inspiziert hätte, war es Zeit für die nächste Mission. Das Ziel war klar: Sie wollte den Silberkelch. Jetzt brauchte sie einen Plan, um ihren Vater zu überzeugen, damit er ihr den Kelch bestellte. Als sie unten ankam, fand sie ihn in seiner Computernische sitzen und an wichtigen Unterlagen arbeiten.

„Papa", sagte sie und er drehte sich mit der Art Lächeln um, dass ihr klar machte, dass er schon wusste, dass sie etwas von ihm wollte. Susy begriff sofort, was das bedeutete. Es hatte keinen Zweck, ihm etwas vorzumachen. Er konnte sie lesen wie ein offenes Buch. Also erzählte sie ihrem Vater schwärmend von dem wunderbaren Silberkelch und wie sehr sie sich wünschte, ihn zu haben und das sie bereit war, alles für diesen Kelch zu tun. Zum Schluss nannte sie ihm den Preis.

Sie hatte erwartet, dass er sofort abwiegelte. Doch er blieb offen. Er fragte sogar nach der Internetseite. Also setzte sie sich brav auf seinen Schoß, schnappte sich die Tastatur und suchte die Seite. Dann scrollte sie runter bis zum Angebot mit dem Silberkelch. Jetzt wo sie ihn wiedersah, wurde ihr noch mehr klar, wie perfekt er für ihr erstes Ritual wäre.

Auch ihr Vater sah sich die Bilder an. Dann sagte er ruhig:

„Du hilfst mir zwei Wochen bei den Hecken und er gehört dir!"

Der Preis war viel höher als gedacht. Keine Frage der Kelch war teuer. Außerdem liebte sie ihren Vater. Er war lustig, intelligent und hatte auch noch genug Feingefühl zu wissen, wann es besser war zu schweigen. Manche Eltern kannten da ja keine Grenzen. Was sie jedoch gar nicht mochte, war Gartenarbeit. Als sie sich Gedanken gemacht hatte, wie sie ihn überzeugen könnte, hatte sie mit vielem gerechnet, aber nicht mit zwei Wochen Hecken schneiden. Das würde heißen jeden Tag zwei bis drei Stunde mit ihm im Garten zu schwitzen. Aber wer eine gute Hexe sein will, dachte Susy, hat wohl manchmal keine Wahl.

„Abgemacht", sagte sie und reichte ihm die Hand, damit sie ihren Vertrag besiegeln konnten.

Er ergriff die Hand und lächelte zufrieden. Susy war sich in diesem Augenblick nicht sicher, wer wen hier überredet hatte. Dann wandte sich ihr Vater wieder der Homepage zu, wählte den Kelch aus und klickte auf eine Seite zum Bezahlen. Er trug noch ein paar Daten ein und dann bestätigte er:

„Übermorgen hast du deinen Kelch", sagte er.

„Danke Papa! Du bist der Beste", erwiderte sie und gab ihm einen Kuss, bevor sie wieder von seinem Schoß stieg und in die Küche lief, um sich einen Snack zu holen.

Ihre Mutter räumte gerade auf. Da sie in guter Stimmung war, schnappte sie sich ein Handtuch und half ihr das Geschirr aus dem Geschirrspüler zu räumen. Danach reinigten sie den Ofen, bevor sie sich wieder auf ihr Zimmer verzog. Sie holte das große Päckchen aus ihrer Tasche, dass sie bei Paul gekauft hatte. Mit viel Feingefühl stapelte sie die kleinen Pakete auf dem Bett.

Susy ging zum Schrank und holte sich ihre Schale mit dem Mörser und das Gefäß zum Räuchern. Aus zwei der kleinen Pakete holte sie einige Kräuter und zerstampfte sie mit dem Mörser. Mit dem Feuerzeug zündete sie ein Stück Kohle an und gab es zusammen mit den Kräutern in das Gefäß. Als sie sicher war, dass der Geruch sich ausbreiten würde, warf sie sich ins Bett.

Wie sie der Schlaf geholt hatte, wusste sie nicht mehr. Alles was ihr einfiel, war, dass heute schulfrei war. Ein Blick auf die Uhr verriet ihr, dass es noch sehr früh war. Das passte perfekt zu ihrem Plan. Denn um diese Zeit würde noch niemand auf dem Friedhof sein und sie könnte ohne Störungen die Lage auskundschaften.

Kurz nach dem Frühstück mit ihren Eltern, die verwundert wirkten, weil sie schon wach war, saß sie an ihrem Schminktisch. Sie legte zuerst das Make-up auf. Dann überlegte sie, welcher Schmuck heute passend wäre. Ihr stach das Pentagramm ins Auge, welches an einer schönen, alten Silberkette baumelte. Sie hatte es vor einer gefühlten Ewigkeit bei Paul gekauft und viel zu selten getragen. Heute war der perfekte Tag, um dem heiligen Symbol zu frischer Luft zu verhelfen.

Die morgendliche Luft war frisch und es nieselte leicht. Eigentlich war das kein gutes Wetter für einen Ausflug. Doch ihre Neugier war zu groß, um noch weiter zu warten. Sie stand kurz vor der Erfüllung ihres Traums.

Sie musste alles perfekt planen. Nichts durfte ihnen in die Quere kommen.

Als sie den Friedhof erreichte, schloss sie ihr Fahrrad an einen der verrosteten Ständer an. Außer einem alten Fahrrad ohne Reifen und Lenker, war es das Einzige. Auch die Straße wirkte menschenleer. Es war nur eine kleine Rauchsäule zu sehen, welche aus einer der Tonnen aufstieg, die drüben auf dem Platz der Obdachlosen standen. Direkt vor dem Friedhof wurde ihr mulmig. Der metallene Torbogen war uralt und die eingelassenen Buchstaben, die den Namen des Friedhofs verkündeten, wirkten wie aus einem bösen Horrorfilm. Ihr schoss ein Zweifel durch den Kopf, ob der Friedhof wirklich der geeignete Platz für ihr erstes Ritual war.

Instinktiv griff sie zu ihrer Kette mit dem Pentagramm und umklammerte sie. In Gedanken rief sie die große Muttergöttin um Beistand an. Dann nahm sie ihren Mut zusammen und betrat den Friedhof. Auf den ersten Blick wirkte alles gut gepflegt. Sie sah sich um und entdeckte keinen. Nur hinten schien jemand in einem Grab zu stehen und zu schaufeln. Langsam lief sie die große Allee entlang, die den alten Friedhof in zwei Teile schnitt.

Aus ihrer Erinnerung wusste sie, wo sich das Denkmal befand. Dazu musste sie einmal über das gesamte Friedhofsgelände laufen. Die Weiden, die den Weg säumten, wirkten wie aus einer anderen Zeit. Sie verliehen dem Ganzen eine Aura, welche nekroromantisch wirkte. Ihr wurde bewusst, warum Jimin hier so gerne zeichnete, denn es lag etwas in der Luft, das magisch war.

Mit ruhigen Schritten spazierte sie den Weg entlang. Langsam kamen auch die Bäume in Sicht, hinter denen das Denkmal stand, wie sie sich ins Gedächtnis rief. Sie schaute sich alles ganz genau an, damit sie es später als Skizze aufzeichnen könnte. Susy war so sehr in ihre Gedanken vertieft, dass sie gar nicht bemerkte, wie sie jenem Grab näherkam, in dem der Mann schaufelte.

„Was willst du hier und was trägst du da um deinen Hals?", riss sie eine garstige Stimme aus ihren Gedanken.

Zuerst fiel ihr die rote Nase, die pickelige Haut und die Warze unter seinem Auge auf. Dann bemerkte sie, dass ihm einige Zähne fehlten und die Arbeitskleidung verschlissen aussah. Er machte ihr Angst. Plötzlich fiel ihr ein, das Jimin jemanden erwähnt hatte. Er hatte etwas vom Friedhofswärter oder dessen Sohn erzählt, aber sicher war sie sich nicht mehr. Gut erzogen, antwortete sie.

Natürlich sagte sie nicht, dass sie hier war, weil sie ihr Hexenritual vorbereiten wollte. Das hätte sicher zu Komplikationen geführt, die sie gern vermeiden wollte. Also erzählte sie etwas von einer verstorbenen Großtante, die sie gern besuchen würde. Als er das scheinbar akzeptierte, beantwortete sie auch seine zweite Frage, diesmal wollte sie ehrlich sein, denn eigentlich mochte sie schwindeln überhaupt nicht. Es fühlte sich einfach falsch an.

„Das ist ein Pentagramm. Es soll mich vor dem Bösem beschützen."

„Das ist ein Hexensymbol!?!", grunzte er, schmiss die Schaufel zur Seite und kroch aus dem Loch. Als er aufstand, war seine ganze Hose voller Erde. Das an sich störte Susy nicht, aber seine funkelnden Augen waren böse und das Schlimmste war, dass er auf sie zukam. Als er dann nahe genug war, roch sie den Alkohol.

„Bist du etwa eine Hexe Kleines?", fragte er wütend, „das will ich dir nicht geraten haben. Meine Vorfahren waren große Hexenjäger. Sie haben die Hexenbrut gejagt und jede von ihnen ausgeräuchert!"

Er griff nach ihrer Kette und zog dran. Es schmerzte in Susys Nacken. Dann riss der Verschluss und Teile ihrer Kette platzten ab und fielen zu Boden. Ihr wurde schwindlig. Mit so etwas hatte sie nicht gerechnet, als sie hergekommen war. Ein Blick zu ihm ließ ihr das Blut in den Adern gefrieren. Denn er hielt seine Beute in die Höhe und betrachtete voll Abscheu den fünfzackigen Stern. Dann zerriss ein Schrei die Luft.

„Du Tölpel", schrie jemand und Susy drehte sich um. Ein alter Mann kam angerannt und brüllte: „hast du wieder getrunken? Was fällt dir ein, ein kleines Mädchen zu belästigen!"

Es knallte, als der Alte bei ihnen ankam und dem Totengräber eine heftige Ohrfeige gab. Dann entschuldigte er sich bei Susy und gab ihr die Kette wieder. Rührselig entschuldigte er sich für seinen missratenen, betrunkenen

Sohn und zog ihm sogar die Ohren lang. Der wiederum ließ alles mit sich geschehen. Seine funkelnden Augen waren verschwunden und stattdessen sah er ängstlich und unterwürfig seinen Vater an. Susy entschied, dass das zu viel für sie war. Sie musste schnellstens hier weg und Jimin alles erzählen. Er kannte den Friedhof besser als sie und würde wissen, was das zu bedeuten hatte.

Sie verdrehte die Augen, dankte dem alten Mann und stotterte etwas davon, dass ihr eingefallen war, dass sie noch eine wichtige Verabredung hätte. Dann rauschte sie an den beiden Männern vorbei. Sie ging so schnell sie konnte, ohne dass es so aussah, als würde sie rennen. Als erstes lief sie die mit Bäumen gesäumte Allee entlang. Dann als sie den Torbogen erblickte, hielt sie nichts mehr: Sie rannte los und hielt erst an, als sie draußen war.

Zuerst einmal stützte sie sich an einer Wand ab, um den Schock zu verdauen. Dieser irre Typ war gefährlich. Sie erinnerte sich, dass Jimin so was erwähnt hatte. Doch im Leben hätte sie nicht an jemanden gedacht, dessen Vorfahren Hexenjäger gewesen waren. Sie kannte die Geschichten aus dem Internet. Es hatte sie erschreckt, was in Europa während der Hexenverfolgung und in Städten wie dem legendären Salem passiert war. Doch das war Vergangenheit. Hexen konnten heute sicher leben. Aber wusste das dieser Typ auch?

Nachdem sie sich ein bisschen beruhigt hatte, zog sie ihr Handy aus der Tasche und schickte eine Nachricht in den Hexenchat an ihre beiden Freunde. Sie enthielt nur zwei Wörter. Das erste lautete Notfall mit drei Ausrufezeichen. Das Zweite war nicht so dramatisch: Bubble-Tea Shop. Dann schloss sie ihr Fahrrad ab und fuhr los. Sie schaute kein einziges Mal zurück. Erst als sie beim Shop ankam, entspannte sie sich wieder.

Es war noch zu früh für die Kundschaft aus Teenagern und Mangaliebhabern. Susy war die Einzige im Geschäft. Hinter dem Tresen bediente nur eine Frau, die wahrscheinlich noch zur Universität ging, wie sich Susy dachte. Kurz schaute sie auf die Karte, die über der Theke hing und überlegte, was sie wollte. Doch dann bestellte sie einfach ihre Lieblingssorte und vier Schokoladenmuffins mit frischen Erdbeeren. Sie wartete bis die junge Frau alles fertig hatte und setzte sich dann in die Ecke an ihren Lieblingstisch.

Ein Blick auf ihr Handy verriet ihr, dass sich bisher keiner ihrer beiden Freunde gemeldet hatte. Das musste nicht viel heißen, denn es konnte auch sein, dass sie schon unterwegs waren. Also tippte sie auf die Nachricht, um zu sehen, ob die beiden sie wenigstens schon gelesen hatten. Das Gerät zeigte ganz klar den Status, dass die beiden schon von ihrem Notfall gelesen hatten. Also musste sie nur warten.

Während sie wartete, vertrieb sie sich die Zeit mit ihrem Smartphone. Plötzlich fiel ihr wieder ein, was Jimin über die Erdmagie erzählt hatte. Bisher war sie noch nicht dazu gekommen, dazu zu recherchieren. Deshalb beschloss sie das nachzuholen. Außer auf ihre Freunde zu warten, hatte sie eh nichts zu tun. Also tippte sie das Schlagwort Erdmagie in ihre Suchmaschine im Handy ein und drückte bestätigen.

Sofort ploppten mehrere Seiten, Homepages und Blogs auf. Das war zwar erfreulich. Doch Susy stellte fest, nachdem sie einige Seiten durchstöbert hatte, dass vieles davon völlig oberflächliches Gesülze war. Einige dieser Autoren schienen so geringe Ahnung von Magie und Wicca zu haben, dass sie ihnen hätte noch was beibringen können. Doch sie gab nicht auf und kämpfte sich mutig durch jeden Beitrag.

Der Achte war ein Volltreffer. Schon nach einem Absatz merkte sie, dass diese Autorin genau wusste, wovon sie schrieb. Sie war glücklicherweise keine Wichtigtuerin, die sich auf ihre Erfahrung etwas einbildete. Ihr trockener, sachlicher Schreibstil gefiel Susy. Denn sie stellte nüchtern Dinge gegenüber und hinterfragte offen, ohne ein Blatt vor den Mund zu nehmen.

Susy las sich den Eintrag sehr genau durch. Vieles daran war vollkommen neu für sie. Auch die offene Kritik gegenüber Gerald Gardner überraschte sie. Bisher hatte sie nur Gutes über ihn gelesen. Doch diese Autorin beschrieb auch, wie er die Hexenzirkel mit der Einführung von neuen Rängen wie der Hohepriesterin verfälscht hatte. Sie war der Meinung, dass es das früher nicht gegeben hatte und in Hexenzirkeln alle gleich waren und das nur dann das wahre Wesen der Erdmagie zum Vorschein kommen würde.

Gerade als sie so richtig vertieft in den Text war, klopfte ihr jemand auf die Schulter. Sie schreckte hoch und blickte ihren beiden lächelnden Freunden ins Gesicht. Nach der Umarmung erzählten sie ihr, dass Hannah in der letzten Nacht zum ersten Mal bei Jimin übernachtet hatte. Allerdings hatten sie dafür Hannahs Mutter sagen müssen, dass sie bei Susy schlafen würde, weil die es sonst nie erlaubt hätte.

Die beiden holten sich Bubble-Tea und jede Menge neue Muffins. Susy griff sich sofort einen, als sie wieder zurück am Tisch waren, denn ihre kleinen Kuchen hatte sie längst verschlungen. Nebenbei schaltete sie ihr Handy aus. Sie konnte die Recherche später fortsetzen. Jetzt ging es erst einmal darum, den beiden von ihrem Horrorerlebnis auf dem Friedhof zu erzählen.

Also erzählte sie und sie ließ kein Detail aus. Einiges malte sie sogar noch blumig aus, aber sie blieb bei der Wahrheit und erzählte von dem verrückten Totengräber, wie er ihr ihre Kette mit dem Pentagramm abgerissen hatte und dass er etwas gegen Hexen hatte. Mit dramatischem Entsetzen beschrieb sie, wie der Verrückte ihr davon erzählt hatte, dass seine Vorfahren Hexenjäger gewesen waren.

„Der Totengräber heißt Tony und ist ein netter Typ", erklärte Jimin, „nur sein Sohn Eddy neigt zum Saufen. Er ist harmlos, außer er hat gebechert. Dann sollte man ihm nicht über den Weg laufen. Einmal als er völlig betrunken war, hat er mich über den halben Friedhof mit einem Spaten gejagt und am nächsten Tag, als er wieder nüchtern war, hat er so getan, als ob nichts passiert wäre und mich in Ruhe gelassen."

Sie berieten sich noch lange darüber, ob sie einen besseren Ort suchen sollten. Erst als ihnen bewusst geworden war, dass es in der ganzen Stadt keinen besseren Ort dafür gab, blieben sie dabei. Zudem versprach Jimin, dass er sich gut auskannte und einen Ort auf dem hinteren Gelände des Friedhofs kannte, der verborgen lag. Keiner würde sie sehen und sie könnten in Ruhe ihr erstes magisches Ritual als Coven durchführen.

9

Die nächsten Tage verliefen ruhig. Nur in der Schule gab es ein wenig Stress. Zum einen schrieben die Lehrer zu viele unangekündigte Tests, was die beiden Junghexen auf den Tod nicht ausstehen konnten. Dann hatte es noch eine große Schlägerei zwischen den Sportlern und den Möchtegern-Rappern der Schule gegeben. Niemand wusste genau, worum es gegangen war. Wahrscheinlich, dachte Susy, war das nur ihr dummes Machogehabe wie aus dem Mittelalter, um zu zeigen, wer der Stärkere war. Das konnte sie noch weniger leiden als die unangekündigten Tests.

Ihre Vorbereitungen liefen fantastisch. Auch der Kelch war pünktlich angekommen und er hatte in echt noch besser ausgesehen als auf dem Foto im Internet. Jimin und Hannah hatten gestaunt. In der Zwischenzeit hatte sie alle übrigen Dinge besorgt, die sie brauchen würden. Vor allem hatte sie neue Kerzen gekauft. In einem Blumenladen hatte sie zwei Dutzend Grablichter gekauft. Das waren Kerzen, die in ein durchsichtiges Gehäuse eingelassen waren, was sie vor dem Wind schützte. Susy hatte sie deswegen gekauft, weil sie hoffte, dass die Kerzen schlechter von weitem zu erkennen wären, besonders von Eddy dem Nachfahren der Hexenjäger.

Der Neumond fiel auf einen Samstag. Das war gut, dann durften Susy und Jimin länger raus. Hannahs Mutter wollten sie wieder erzählen, dass Hannah bei Susy schlafen würde, dann wäre es auch für Hannah kein Problem. Die ganze Woche hatte Susy Pläne in ihren Block geschrieben, wie das Ritual ablaufen sollte und sie dann jedes mal den beiden anderen vorgelesen. Sobald die einen Verbesserungsvorschlag hatten, hatte sie sich hingesetzt und alles überarbeitet.

Gerade saßen sie in der Schule. Es waren noch zwei Stunden bis zum Wochenende. Zu ihrem Pech war es Vertretungsunterricht in Mathe und sie mussten lauter Aufgaben rechnen, auf die sie überhaupt keine Lust hatten, weil sie weder zum Unterrichtstoff des normalen Matheunterrichts passten und weil sie zwischen ihnen und dem Abenteuer standen, welches bald stattfinden sollte.

Erst das Klingeln befreite Susy von ihrer schlechten Laune. Zusammen mit dem Rest der Schule stürmte sie auf den Hof, schloss ihr Fahrrad ab und fuhr los. Hannah hatte sich schnell verabschiedet, um zu Jimin zu fahren. Sie hatten nur kurz beraten, wann sie sich morgen treffen wollten.

Zuhause angekommen, schlang sie sich als erstes einen Snack und einen Smoothie runter. Damit wollte sie die Schule aus ihrem Hirn kriegen und Energie auftanken für die Arbeit im Garten. Denn für den silbernen Kelch hatte sie einen Deal mit ihrem Dad machen müssen. Die letzten Tage hatte sie schon mit ihm zusammen an den Hecken gezaubert. Zu ihrer Überraschung hatte es Spaß gemacht. Die derzeitige Hecke sah zwar immer noch nicht aus wie der Kopf eines Löwen, den ihr Vater aus der Hecke machen wollte, aber vielleicht würden sie es heute schaffen.

Er stand schon längst im Garten mit seinen Arbeitsklamotten. Sein großer Vorteil war, dass er genauso gut von zuhause arbeiten konnte und nicht extra ins Büro musste. Sie wünschte sich, dass würde auch in der Schule möglich sein. Denn das meiste könnte sie sich allein mit Büchern und dem Internet viel besser beibringen als in diesen langweiligen Stunden Unterricht. Dann zog sich Susy ihr Arbeitsoutfit und die Handschuhe an.

Ganze drei Stunden arbeiteten sie daran. Tatsächlich wirkte die Hecke endlich wie der Kopf eines Löwen. Sie hätte nie gedacht, dass sie es hinkriegen würden. Aber ihr Vater war ein genauso großer Dickkopf wie sie. Wenn er sich etwas in den Kopf gesetzt hatte, dann tat er alles dafür, um es zu schaffen. Das war wie bei ihr mit der Hexenkunst.

Ihre Mutter hatte das Abendessen gekocht, während sie draußen im Garten geschuftet hatten. Es gab Salat und Dinkelpizza. Zum Nachtisch hatte ihre Mutter ein köstliches veganes Tiramisu gezaubert. Es schmeckte wie immer außergewöhnlich gut. Susy hoffte auch eines Tages so gut kochen zu können. Aber erst mal musste sie sich auf die Magie konzentrieren. Kochen konnte sie jederzeit lernen, doch das Handwerk der Magie ließ sich nicht so einfach erlernen.

In den letzten Tagen hatte sie sich den Kopf zerbrochen, wie sie sich am besten auf ihr Ritual vorbereiten könnte. Nachdem sie lange gegrübelt hatte, hatte sie sich für gleich zwei Sachen entschieden. Zum einen war es wieder einmal Zeit, das Tarot zu befragen. Etwas das sie seit ihren ersten Tagen als Junghexe regelmäßig tat. Als zweites hatte sie sich immer mehr in das Thema mit den Runen eingelesen. Als sie dann mit einigen Fragen dazu zu Paul gegangen war, hatte der wie ein guter Verkäufer ein funkelndes Set mit Runen aus einer Kiste gezaubert. Dazu hatte er ihr noch ein Buch verkauft, welches ihr helfen dürfte, die Runen zu verstehen. Zum Abschluss hatte er gesagt, dass der einzige Weg die Runen zu verstehen, darin bestand, mit den Runen zu leben.

Sie kam in ihr Zimmer und wollte zuerst die richtige Stimmung erzeugen. Ganz gegen ihre Natur räumte sie deshalb auf. Zuerst sammelte sie alle ihre Klamotten ein, dann ordnete sie die Bücher und zum Schluss brachte sie sogar etwas Ordnung auf ihren Schminktisch und in den Schmuckkasten.

Als nächstes nahm sie sich ihren kleinen Mörser und zerrieb einige der Kräuter, die sie beim alten Paul gekauft hatte. In der Räucherschale erhitzte sie ein Kohlestück und ließ dann die Kräuter ein magisches

Aroma in ihrem Zimmer verbreiten. Sowohl die Karten als auch die Runen wollte sie auf ihrem Bett befragen. Also schob sie die dicke Bettdecke zur Seite und schuf Platz auf ihrem lila Laken.

Aus ihrer geheimen Kiste, die gut verborgen hinter ihren Klamotten in der untersten Schublade verborgen lag, holte sie ihre Tarotkarten heraus. Schon als sie den Deckel geöffnet hatte, war ihr die Macht dieser Karten entgegen geflogen. Jetzt hielt sie das Deck in der Hand und spürte die Wogen der Magie durch ihren Körper weben. Heute würde sie drei Karten ziehen und die Karten bitten, ihr einen Rat für das morgige Ritual zu geben.

Die erste Karte war das Rad des Schicksals. Es war eine der Trumpfkarten des Tarot, das wusste sie. Doch eigentlich brauchte sie keine Interpretation. Instinktiv wusste sie genau, was die Karte ihr sagen wollte. Die Karte zeigte ihr die Macht des Kreislaufs. Das passte zum einen zu der Erdmagie, die sie morgen anrufen wollten. Es zeigte ihr, dass sich ihre Geduld bald auszahlen würde, weil ihr erstes Ritual unmittelbar bevorstand.

Die zweite Karte war der Magier. Das freute Susy noch mehr. Denn diese Karte ergänzte das Rad des Schicksals. Sie musste sich nur auf ihre ureigenen Kräfte verlassen, dann würde sie ihre Berufung finden und sich ihr Schicksal erfüllen. Die ersten beiden Karten überzeugten sie und sie blickte neugierig auf die dritte Karte, die noch umgedreht auf dem Laken lag.

Vorsichtig drehte sie die Karte um und es war die Sonne. Das ließ sie durchatmen. Die Karten gaben ihr und dem Ritual ihren Segen. Sie nahm die drei Karten und steckte sie zu den anderen zurück. Dann brachte sie das Deck in die richtige Position, um es wieder in ihrer geheimen Kiste zu verstauen. Plötzlich fiel wie durch ein Wunder eine Karte aus dem Deck und landete aufgedeckt auf ihrem Laken. Es war das Gericht.

Susy schluckte. Was hatte das zu bedeuten? Das Tarot hatte erst alle ihre Hoffnungen bestätigt. Doch jetzt lag da das Gericht und starrte sie an. Sie war verwirrt. Sie konnte die Karte nicht einfach so abtun, genauso wenig wie die anderen drei. Diese Karten waren positiv, aber das Gericht machte ihr klar, dass sie auf alles vorbereitet sein musste.

Nachdenklich räumte sie die Tarotkarten zusammen, nachdem sie fünfzehn Minuten lang auf die Karte mit dem Gericht gestarrt und sich tausend Gedanken gemacht hatte. Vorsichtig legte sie es zurück in ihre geheime Kiste. Kurz küsste sie ihre Finger und legte sie auf die Tarotkarten als Zeichen ihrer Dankbarkeit. Dann nahm sie sich den Beutel mit den Runen und legte das Buch, das ihr Paul zur Erklärung der Runen verkauft hatte, auf ihr Laken. Sie wollte erst in sich die Frage laut rufen und dann drei Runen ziehen, um zu gucken, was sie ihr sagten.

Susy schloss ihre Augen und konzentrierte sich. Sie wusste, dass sie dieses gewisse Gefühl in ihrer Brust brauchte, damit die Magie stark wurde. Also sammelte sie ihre Kräfte in ihrer Brust, bis das Gefühl stimmte. Dann dachte sie an das Ritual und fragte die Runen um Rat. Als sie ihre Augen wieder öffnete, griff sie in den kleinen, schwarzen Beutel mit den Runen.

Sie fischte das kleine Plättchen heraus und sah die Rune an. Sie kannte sie nicht. Alles was ihr auffiel, war, dass sie auf dem Kopf stand. Also griff sie nach dem Buch und begann zu blättern. Schon nach einigen Seiten fand sie die Rune, deren Name Ansuz war. In Pauls Buch stand, dass sie auf eine geheime Botschaft achtgeben musste, die sie erreichen würde. Nur dass die Rune auf dem Kopf stand, bereitete ihr Kopfzerbrechen.

Um bereit zu sein für die nächste Rune, legte sie das Plättchen mit Ansuz vor sich auf das Laken. In sich sammelte sie erneut ihre Energie mitten in der Brust. Dann griff sie ein zweites Mal in den kleinen, schwarzen Beutel. Diesmal sah die Rune aus wie ein Pfeil. Eilig blätterte sie durch Pauls Buch und musste feststellen, dass die Rune schon wieder auf dem Kopf stand. Ihr Name war Kenaz und sie war eigentlich die Rune der Liebe. In Pauls Buch stand, dass die Kraft der Rune sich auch in der umgekehrten Form entfaltete. Jedoch immer als eine Warnung zu verstehen war, sehr achtsam zu sein.

Ein drittes Mal sammelte sie die Energie in ihrer Brust und bat die Runen um einen Ratschlag für ihr Ritual. Endlich zog sie eine Rune, die nicht auf dem Kopf stand. Es war die allererste Rune und sie ließ sofort ihre Mundwinkel nach oben zu einem Lächeln schnellen. Es war die Rune Fehu, die für reichen Gewinn stand. Da sie an dritter und letzter Stelle gezogen wurde, dachte Susy, könnte dass nur heißen, dass sobald sie alle Schwierigkeiten gemeistert hätten, sie großen magischen Gewinn erlangen würden. Das war genau das, was sie wollte. Sie hoffte sehr, dass das Gericht und die beiden umgekehrten Runen nur Warnungen waren, es ernst zu nehmen und nichts schlimmeres meinten.

Vorsichtig sammelte sie die drei Plättchen mit den Runen wieder ein. Dann packte sie den Beutel zurück in die geheime Kiste. Sie verstaute sie zusammen mit Pauls Buch in ihrer Kommode, wo sie vor neugierigen Augen verborgen waren. Nicht das es die gegeben hätte, aber Susy liebte einfach das Mysteriöse daran. Dann zündete sie drei Kerzen an, verteilte sie im Raum und löschte das Licht. Sie öffnete das Fenster und setzte sich aufs Fensterbrett.

Ein paar Wolken zogen am Himmel vorbei. Der Mond war kaum noch zu sehen. Morgen würde der Tag des Neumondes sein. Dieser stand traditionell für die Erneuerung und den Neubeginn. Es passte. Denn für sie und Hannah könnte es einer der wichtigsten Tage ihres Lebens werden. Seit vielen Monaten hatten sie davon geträumt und wenn nichts dazwischen kam, dann würde sich morgen Nacht ihr Traum erfüllen.

10

Der dunkle Zauberer hob seinen Stab und eine wilde Schar schwarzer Raben schoss aus seiner Spitze. Mit kräftigen Flügelschlägen rauschten sie an ihr vorbei. Schwarze Wolken verdeckten die Sterne und die dünne Sichel des Mondes, welche dazwischen herausragte, glänzte in einem purpurnen Goldschimmer. Susy schluckte. Noch immer hielt der dunkle Zauberer seinen Stab nach oben und zeigte direkt auf sie.

Sie sah sich um. Grabsteine ragten aus dem Boden. Es sah aus wie der Friedhof, auf dem sie ihr Ritual abhalten wollte, doch zugleich war er es nicht. Die Grabsteine waren älter und dicke Spinnweben hingen von den alten Kreuzen runter und ein paar der großen Grabplatten waren zersprungen.

Die Frage, ob sie wegrennen sollte, schoss ihr durch den Kopf. Doch wie sollte sie einem Magier entkommen, der Raben aus seinem Stab manifestieren konnte. Als ob er ihre Gedanken gelesen hatte, hob der Zauberer seinen Stab und stieß ihn auf den Boden. Die Erde erbebte. Dort wo sein Stab den Boden berührt hatte, entstanden zwei tiefe Furchen. An deren Stellen riss die Erde auf und grub sich wie eine Schlange vorwärts.

Zu ihrer linken und rechten Seite schoss die Schlange entlang. Sie drehte sich um und sah wie die beiden Furchen sich nur fünf Meter hinter ihr vereinten. Schmerzlich wurde ihr bewusst, dass damit der Fluchtweg versperrt war. Zu allem Überfluss löste sich ein Stück Erde und fiel laut polternd in den Riss. Ein zweites folgte. Nach und nach bröckelte immer mehr Erde in den Schlund und der Erdriss kam näher.

Die Situation war ausweglos. Hinter ihr riss der tiefe Schlund immer mehr Erde in den Abgrund. An ihren Seiten sah es auch nicht besser aus. In Sport hatten sie Weitsprung geübt und sie hatte feststellen müssen, dass es nicht zu ihren Talenten zählte. Deshalb wäre es wahnsinnig zu versuchen, über den Riss zu springen. Es blieb nur ein Ausweg.

Während wieder ein Stück Erde hinter ihr in den Abgrund fiel, wurde ihr bewusst, dass es der Plan des dunklen Zauberers gewesen sein musste, sie zu sich zu locken. Sie sah ihn sich genauer an. Sein Umhang war schwärzer als die Nacht. Sein Stab war schön. Er war nicht glatt, sondern besaß die natürlich Form des Baumes und sie konnte die Stellen sehen, an denen einst Äste gewachsen waren. An seiner Spitze wurde er dicker und es sah so aus, als wäre eine weiße Kugel darin eingefügt.

Dann versuchte sie das Gesicht des Magiers zu erkennen. Doch die Nacht verschluckte fast alles. Nur der Hauch einer Silhouette ließ erahnen, dass sich darunter ein Gesicht befand. Wieder war es, als ob der dunkle Zauberer ihre Gedanken lesen konnte. Er hob den Stab und rammte ihn erneut auf den Boden. Ein Blitz zuckte hell vom Himmel herab und schlug neben dem Zauberer ein.

„Paul!?", schrie sie.

Der Blitz hatte für einen Augenblick das Gesicht des Magiers hell erleuchtet. Zu ihrer großen Überraschung war es Paul, der sich unter dem schwarzen Umhang verbarg. Sie wusste nicht, was sie davon halten sollte. Doch sie fühlte, wie die Angst abnahm. Noch nie hatte es einen Zweifel daran gegeben, dass sie Paul nicht trauen konnte. Also ging sie auf ihn zu.

Im selben Moment drehte sich der Zauberer um und lief die mit hohen Lindenbäumen gesäumte Allee entlang. Susy folgte ihm im sicheren Abstand. Desto weiter sie gingen, desto mehr wurde ihr klar, dass es eine andere Version ihres Friedhofs war. Alles hier war älter und gruseliger, aber im Grunde war es der Friedhof.

Sie sah sich um. Da waren Augen in den Gebüschen und sie starrten sie an. Viel konnte sie in der Dunkelheit nicht sehen und doch bildeten sich die schwachen Silhouetten dieser Kreaturen im Mondlicht ab. Einige hatten große Klauen und bei anderen blitzten lange Reißzähne. Ein Rascheln im Gebüsch hinter dem Erdriss fesselte plötzlich ihre Aufmerksamkeit. Dann erschrak sie.

Ein gigantischer Lindwurm richtete seinen schwer gepanzerten Körper auf. Feuerrote Augen fixierten sie. Augenblicklich wurde ihr bewusst, dass nicht der dunkle Zauberer die Bedrohung darstellte. Möglicherweise war der Erdriss sogar ein Schutzzauber gewesen. Denn der Lindwurm hätte sie leicht zerreißen können. Sie gab ihren Abstand auf und lief schneller, um den dunklen Zauberer mit Pauls Gesicht einzuholen.

Als hätte er ihre Gedanken gelesen, drehte er sich um und hob die Spitze seines Stabes in ihre Richtung. Abrupt stoppte sie: Hatte sie sich geirrt und der dunkle Zauberer war doch eine Bedrohung. Zu ihrer Überraschung ploppte eine lila Blase aus der Spitze des Zauberstabes. Sie platschte auf den Boden. So wie sie rollte, musste sie aus glibbrigem Schleim bestehen. Nach einigen Metern kam sie zum Stehen, genau auf der Hälfte des Weges zwischen ihr und dem Zauberer.

Etwas bewegte sich in dem lila Glibber. Susy sah, wie sich der Schatten darin bewegte und sie befürchtete das Schlimmste. Denn es könnte gut irgendein Monster sein, welches sie attackieren wollte. Als nächstes sah sie einen Schnabel, der immer wieder gegen die Wand des Glibbers hackte. Dann brach die Hülle des Schleims und alles platschte auf den Boden. Zurück blieb eine Gestalt, die vom Glibber schmutzig war.

Susy kniff die Augen zusammen. Das Wesen sah fast aus wie ein Vogel. Plötzlich begann es sich wie wild zu schütteln. Der Schleim flog durch die Gegend. Einige Spritzer trafen sie auf die Nase. Schleunigst wischte sie es aus dem Gesicht. Dann schaute sie hin und staunte. Der Vogel hatte sich vollkommen von dem Schleim befreit. Vor ihr saß eine wunderschöne Eule.

Sie verliebte sich sofort in das Tier und vergaß den Zauberer und den Lindwurm, der sie noch immer böse fixierte. Eilig rannte sie zu der Eule und knuddelte sie. Das Tier ließ es willig über sich ergehen, womit Susy fest gerechnet hatte. Denn Eulen waren in der Zauberwelt allgemein als magische Helfer bekannt. Deshalb zögerte sie nicht lange und setzte sie sich auf die Schulter. Als sie dann wieder zum Zauberer sah, wirkte es, als ob er lächeln würde.

Ohne Scheu ging sie zum dunklen Zauberer. Der drehte sich um und lief wieder die kleine Allee mit den großen Bäumen entlang. In dem Moment da sie ihm nahekam, wirkte es fast, als hätte der Zauberer eine schützende Aura um sich. Das beruhigte sie und als sie dann spürte wie die Eule zärtlich an ihrem Ohr knabberte, beruhigte sie sich doppelt.

Doch ihre Ruhe sollte nicht lange anhalten. Ein Blitz zerriss die Luft und der Zauberer zeigte mit der Spitze seines Stabes auf ein Grab. Susy erkannte es. Es dauerte keine Sekunde und ihre Stirn wurde feucht und die Knie weich. Eigentlich wollte sie nie wieder an die Situation denken, doch genau in dem Moment hielt der Zauberer seine zweite Hand in die Höhe, an der ihre Kette mit dem Pentagramm baumelte. Ohne zu zögern warf er es in das offene Grab. Kaum dass es den Boden berührte, schoss eine Fontäne aus Lava aus dem Grab und verschluckte das Pentagramm.

Es war der Horror. Alles was noch fehlte, war, dass der betrunkene Eddy auftauchte und ihr zu nahe kam. Ein kleines Erdbeben riss sie aus ihren Gedanken. Der Zauberer zeigte wieder mit dem Stab auf das Grab. Im Boden bewegte sich etwas. Dann schossen fünf kleine Würmer aus der Erde. Sie wuchsen und plötzlich waren sie an einen knochigen Panzer gekettet. Dann wuchs auch der Panzer und erhielt so etwas wie zwei Stiele. Erst jetzt wurde Susy bewusst, dass es sich um die Hand eines Skeletts handelte. Da schoss auch schon die zweite Hand aus der Erde und als nächstes grub sich langsam der nackte Totenschädel aus dem Boden.

Hohle, schwarze Augen starrten sie an. Ihr Atem wurde schneller. Dieses Skelett lebte. Es kroch erst aus der Erde und dann streckte es seine Arme zum Rand des Grabes und versuchte herauszuklettern. Susys Angst wurde immer größer. Sie drehte sich um, um wegzulaufen. Doch der böse Blick des großen Lindwurms, der hinter dem Erdriss wartete wie eine Königskobra, ließ sie erstarren. Sie war gefangen. Aus dem Boden kam das Skelett und hinter ihr waren der Lindwurm und die anderen Monster, die sich in den Schatten verbargen.

Es knallte. Susy drehte den Kopf zur Seite. Der Zauberer hatte mit seinem Stab auf den

Boden gestampft und sah sie an. Unter seiner Kapuze war es sehr dunkel, doch es waren eindeutig Pauls Augen. „Paul?", fragte sie, doch erhielt keine Antwort. Stattdessen griff sich der Zauberer in seinen Umhang.

Er holte einen funkelnden Silberkelch aus dem kleinen Beutel, der in seinem Ärmel war. Susy erkannte ihn sofort. Es war ihrer. Sie dachte, er würde ihn ins Grab schmeißen, um ihn von der Lavafontäne verschlingen zu lassen. Doch er gab ihr den Silberkelch und sie stellte fest, dass er mit einer dunkelroten Flüssigkeit gefüllt war. Kurz überlegte sie den roten Saft zu kosten, doch als sie ihn sich genauer ansah, schreckte sie zurück. Denn die Flüssigkeit dampfte und stank. Sie spürte auch, wie der Kelch heißer wurde. Vielleicht war es eine Art von Zaubertrank, vermutete sie. Doch wofür hatte der Zauberer ihn ihr gegeben?

Susy wollte ihn fragen. Aber als sie ihren Kopf zur Seite drehte, war er verschwunden. Sie war verwundert und schaute sich um. Der Blick nach vorne ließ ihre Eingeweide erfrieren. Denn auch das Skelett hatte seine Position verändert. Es war nicht mehr unten in der Grube. Mittlerweile war es fast ganz aus dem alten Grab gekrochen. Ängstlich schwenkte sie ihren Kopf, um zu sehen, was das zweite Monster tat. Auch der Lindwurm war aktiv geworden. Er versuchte sich steif wie ein Brett zu machen, um als eine Art Brücke sich selbst über den Erdriss zu schieben.

Ihr Blut gefror. Die Gefahr wurde größer. Der Einzige, der ihr hätte helfen können, war verschwunden. Susy kniff die Augen fest zusammen und scannte die Umgebung ab. Zuerst fiel ihr auf, dass immer mehr Kreaturen aus den Schatten kamen. Dann schaute sie sich weiter um. Mehrmals fuhr sie mit ihren Augen den Friedhof wie ein Raster ab. Schließlich hatte sie Glück und entdeckte die dunkle Gestalt des Zauberers, die sich langsam einem fahlen Glimmern näherte, welches am Ende des Friedhofs leuchtete.

Augenblicklich nahm sie die Beine in die Hand und rannte dem Zauberer hinterher. Dabei musste sie sehr vorsichtig sein und aufpassen, dass sie nichts von dem heißen Zaubertrank verschüttete. Denn er musste einen Zweck haben und so wie er qualmte und stank, könnte er ihr sicher leicht die Haut verätzen, falls er überschwappte.

Nach einigen ängstlichen Schritten hatte sie den dunklen Zauberer eingeholt. Er blickte stumm zur Seite, inspizierte sie abschätzig und wandte sich wieder nach vorn. Mit langen ernsten Schritten setzte er seinen Weg zum Ende des Friedhofs fort. Susy hatte keine Wahl und folgte ihm. Sie versuchte zu erkennen, wohin sie gingen, denn sie hatte keine Lust auf weitere böse Überraschungen.

In der Dunkelheit war ihr Ziel schwer zu erkennen. Also versuchte sie sich an den Friedhof aus ihrer Welt zu erinnern Im Geiste stellte sie sich den Grundriss vor. Plötzlich ging ihr ein Licht auf. Denn der fahle Lichtschimmer, zu dem der Zauberer ging, lag unter den Bäumen, hinter denen das Denkmal stand. Das war der Platz, an dem sie Jimin kennengelernt hatten und es war der Ort, an dem sie ihr Ritual abhalten wollten. Susy konzentrierte sich auf das Licht, um zu erkennen, was dort vor sich ging. Denn sie hatte keine Lust, noch mehr Monster zu treffen. Leider war es unmöglich, etwas genaues zu erkennen. Sie sah nur, wie das Licht flackerte und vermutete, dass es von Kerzen stammte. Erst als sie nach einiger Zeit näher kam, wurde die Szene, welche sich dort abspielte, deutlich sichtbar.

Jetzt erkannte Susy mehrere Personen mit dunklen, schwarzen Umhängen, die genauso aussahen wie der pechschwarze Mantel des dunklen Zauberers. Um sich herum verteilt, standen viele Kerzen und in ihrer Mitte war ein großer, alter Kessel, der dampfte. Susy zählte die Gruppe. Die Gruppe stand in zwei Halbkreisen um den Kessel herum. In jedem Halbkreis waren sechs, somit waren es insgesamt zwölf Hexen, die um den Kessel herumstanden.

Unerwartet zerriss ein greller Blitz die Luft und schlug direkt neben ihr ein. Es blendete ihre Augen, doch sie war sich sicher, dass der Blitz genau an der Stelle eingeschlagen war, an der der Zauberer gestanden hatte. Als sich ihre Augen endlich wieder an die Dunkelheit gewöhnt hatten, musste sie feststellen, dass der Zauberer verschwunden war. Ängstlich sah sie sich um, doch konnte ihn nicht sehen. Stattdessen bemerkte sie, dass mittlerweile der Lindwurm über den Erdriss gekrochen war. Sogar das Skelett hatte Verstärkung bekommen. Jetzt waren es drei Skelette, die langsam durch die Gegend liefen und danach aussahen, als suchten sie etwas. Susy hoffte, dass sie nicht nach ihr suchten und schaute sich weiter um. Erst als sie wieder zum Kreis der Hexen sah, fiel ihr auf, dass sich etwas verändert hatte. Sie zählte erneut: Aus den zwölf Hexen waren dreizehn geworden.

Dreizehn galt seit alter Zeit als eine Zahl mit sehr großer Bedeutung in der Zauberwelt. Das hatte sie in vielen Foren und Blogs im Internet gelesen. Die Feinde der Magie fürchteten diese Zahl sehr und verbannten sie gerne. Aber sie war eine Hexe und die Aussicht zu den dreizehn Hexen zu gehen, war definitiv besser, als zu warten, bis die Monster sie eingeholt hätten. Also lief sie los.

Genau in dem Augenblick, als sie losgehen wollte, schossen Ranken mit spitzen Stacheln aus dem Boden. Das verwirrte sie. Denn sie schichteten sich wie zu einer großen Mauer übereinander, die für sie unpassierbar war, weil sich die spitzen Stacheln sonst tief in ihr Fleisch graben würden. Plötzlich hörte sie ein

Rascheln hinter sich. Erschrocken drehte sie sich um. Nicht nur dass die Skelette sehr nah gekommen waren. Auch der Lindwurm hatte sie beinahe eingeholt. Er funkelte mit seinen Augen, während er vorwärtskroch und er sah sehr gefräßig aus.

Susys Stirn wurde nass und ihr Herz begann zu rasen. Die Situation war brenzlig. Falls ihr nicht schnell eine Lösung einfiel, würde sie der Lindwurm mit seinen vielen spitzen Zähnen zerfleischen. Sie ging einen Schritt zurück und stolperte fast über eine Wurzel. Nur knapp konnte sie verhindern, dass der Kelch mit dem Zaubertrank auskippte. In diesem Augenblick schoss ihr ein Geistesblitz durch den Kopf. Ohne weiter zu zögern, drehte sie sich um und kippte den magisch qualmenden Trank über die Ranken.

Es zischte laut und die Ranken verbrannten. Sie wichen vor Susy zurück, als ob sie Angst vor ihr und noch mehr Schmerzen hätten. Susy nutzte die Gunst des Augenblicks und huschte durch die Lücke in der Mauer. Sie blickte sich um und sah zu, wie sich die Ranken wieder schlossen. Erleichtert atmete sie auf. Es war keinen Augenblick zu früh geschehen. Denn durch die Ritzen zwischen den Ranken sah sie, wie der Lindwurm sich aufrichtete und sie böse anfunkelte.

Das war Rettung in letzter Sekunde, dachte sie. Jetzt wollte sie endlich rauskriegen, was auf dem Friedhof für ein komisches Spiel gespielt wurde. Ohne zu zögern, ging sie rüber zu den dreizehn Hexen. Als sie bei ihnen ankam, nahm eine Hexe nach der anderen die finstere Kapuze ab. Es waren alles Frauen bis auf Paul, der an der Spitze des Hexenkreises stand. Die Gesichter der Frauen wirkten wie aus einer anderen Zeit. Auch die Kleider, die sie trugen, stammten aus einem anderen Jahrhundert.

Auf einmal hoben die Hexen ihre Stäbe. Sie richteten ihre Spitzen auf den freien Platz, der genau gegenüber von Pauls Position war. Susy verstand die Anweisung und stellte sich in den Kreis. Ihr wurde klar, dass sie damit den Hexenkreis geschlossen hatte. Genau in diesem Moment erschien magisches Licht wie aus dem Nichts und formte einen großen Kreis um sie herum.

Susy verstand, dass damit der Schutzkreis geschlossen war. Sie war jetzt ein Teil dieses

Covens und im Kreis gleichgesinnter Hexen. Gerade als sie sich entspannte, fingen die Hexen laut wie eine Sirene an zu schreien. Sogar die Luft begann magisch zu vibrieren. Susys Ohren schmerzten und sie hielt sie sich zu; das Geschrei war höllisch. Es wirkte, als ob die Hexen mit diesem ohrenbetäubenden Geschrei die Realität zerreißen würden.

Plötzlich verschwamm das Bild vor ihren Augen und sie bemerke wie ihre linke Hand ungewollt auf etwas steinhartes schlug. Sie merkte, dass es heller wurde. Einen Moment brauchte sie, um sich an das grelle Licht zu gewöhnen.

Als sie die Augen öffnete, merkte sie, dass es ihr eigener Wecker gewesen war, auf den sie wie wild geschlagen hatte. Sie sah an sich runter und bemerkte, wie sie schweißgebadet im Bett saß. Alles war scheinbar nur ein Traum gewesen und erst das Klingeln ihres Weckers hatte sie zurückgeholt. Verwirrt sah Susy aus dem Fenster.

11

Die Reste des Traums klebten immer noch an ihr, als sie etwas später beim Frühstück saß. Sie hatte noch nie einen so lebendigen Traum gehabt. Noch jetzt wirkte es so, als wäre all das wirklich passiert. Sie konnte sich kaum auf das Essen konzentrieren. Auch ihre Eltern schienen zu bemerken, dass sie etwas bewegte.

„Ist alles okay Susy?", fragte ihr Vater.

„Ja klar Papa. Es war nur ein Alptraum", war ihre ehrliche Antwort.

Er klopfte ihr väterlich auf die Schulter und aß weiter. Susy hingegen zweifelte. Sie war sich nicht sicher, ob das alles nur ein Traum gewesen war. Als Hexe wusste sie, dass Träume eine besondere Bedeutung haben konnten. Einen so lebendigen Traum wie diesen hatte sie noch nie gehabt und seine Botschaft verwirrte sie.

Missmutig löffelte sie in ihrem Müsli. Der Traum ließ deutlich mehr Fragen offen, als er beantwortete. Das gute war, dass sie den Monstern entkommen war. Das schlechte war die Angst vor diesen Monstern, die sie immer noch in ihren Eingeweiden spüren konnte. Wäre da nicht der betrunkene Sohn des Friedhofswärters, dann würde sie sich wahrscheinlich keine Sorgen machen und alles als Traum abtun. Aber er war da und der Traum könnte eine Warnung sein, dass er sie heimsuchen würde.

Nervös schlürfte sie den frisch gepressten Orangensaft ihrer Mutter runter. Ihr wurde bewusst, dass ihr nur zwei Möglichkeiten blieben. Sie konnte das Ritual absagen oder es durchziehen. Zähneknirschend gab sie zu, dass es eigentlich nur eine Möglichkeit gab. Es war ihr Traum einen echten Coven zu haben. Ihre Eltern hatten ihr beigebracht, dass es das Wichtigste war, ihren Träumen zu folgen und sie konnte nicht beim ersten Anzeichen von Schwierigkeiten aufgeben.

Als sie aufgegessen hatte, half sie den Tisch abzuräumen. Dann schnappte sie sich den Besen und fegte die Küche. Am Wochenende war das ihre Aufgabe. Normalerweise kam nur noch den Müll rauszubringen dazu. Aber da sie einen Deal mit ihrem Dad hatte, stand auch noch das Schneiden der Hecke auf ihrem Tagesplan. Deshalb zog sie sich ihre

Arbeitsklamotten an und stiefelte in den Garten, nachdem sie mit der Arbeit in der Küche fertig war.

Ihr Vater war wie immer schon voll in seinem Element. Er schmiss ihr die grünen Arbeitshandschuhe zu und erklärte ihr, was sie diesmal vorhatten. Es sollte ein Delphin werden. Erst seitdem Susy ihm helfen musste, die Hecken zu verschönern, war ihr aufgefallen, wie viele Hecken sie in ihrem großen Garten hatten. Sowohl vorne als auch hinter dem Haus gab es eine Menge davon und das schlimmste war, dass sie nicht einfach aufhören konnte, ihm damit zu helfen, sobald ihre Vereinbarung zu Ende war. So stark, wie es ihren Vater glücklich machte, dass sie ihm half, konnte sie ihm auf keinen Fall das Herz brechen.

Nach zwei Stunden war ihre Schicht vorbei. Der Delphin war noch nicht fertig. Ihr Vater nutzte irgendwelche Videos aus dem Netz, um die Form hinzukriegen. Die eine Hälfte der Hecke stimmte schon. Morgen würden sie sich an die zweite Seite machen.

Was zwischen heute und morgen lag, war womöglich die wichtigste Nacht ihres ganzen

Lebens. Dieser Gedanke brachte sie direkt zu all den Dingen, die noch vorbereitet werden mussten. Die Liste dafür lag natürlich schon zum Abhaken bereit auf ihrem Schminktisch. Doch zuerst brauchte sie eine frische Dusche. Danach würde sie packen und zum Schluss ihr Hexen Make-up auflegen. Zum Abend hin hatte sie sich mit Jimin und Hannah im Bubble-Tea Shop verabredet, dort wollten sie warten, bis die Sonne unterging.

Der alte Friedhof würde dann zwar schon abgeschlossen und hoffentlich menschenleer sein. Doch Jimin wollte mit ihnen durch einen Geheimgang auf den Friedhof gehen. Er war sich sicher, dass außer ihm niemand diesen Weg kannte. Deshalb wären sie sicher, denn der Friedhofswärter wohnte zwar in einem Haus, dass an den Friedhof grenzte, aber nachts war er nie da. Jimin hatte das beschworen, da er schon oft in dem hinteren Teil des Friedhofs gesessen und an seinem Manga gezeichnet hatte, bis es zu dunkel geworden war.

Nach dem Duschen reinigte sie ihr Gesicht porentief. Sie wollte keine Pickel in ihrer besonderen Nacht bekommen. Beim Blick in den Spiegel sah sie sich noch einmal ernst in die Augen. Sie musste zugeben, dass sie ein wenig Bammel vor der Nacht hatte. Denn es gab zu viele Dinge, die nicht vorhersehbar waren. Außerdem waren da die Tarotkarte, die beiden Runensteine und der Traum, der ihr Bauchschmerzen bereiteten. Doch eine Wahl hatte sie nicht. Schon beim Ouija Brett war ihr klar geworden, dass die Magie sie prüfte und es würde sie schlecht dastehen lassen, falls sie kniff.

Zurück in ihrem Zimmer legte sie sich zuerst die Klamotten zurecht, die sie heute Abend anziehen wollte. Das wichtigste war natürlich ihr magischer Hexenumhang. Sie nahm ihn aus dem Schrank und fuhr sanft mit der Hand über seinen Stoff. Es war ein grober Stoff. Aber das hatte sie damals so gewollt und auch jetzt war sie sich sicher, dass es die richtige Entscheidung gewesen war. Denn sie wollte das Gefühl des Alten und Archaischen spüren.

Nachdem sie ihren alten Zauberumhang vorsichtig über die Kante ihres Bettes gelegt hatte, packte sie noch die anderen Sachen daneben. Dann griff sie sich die Liste und die große Tasche. Zuerst nahm sie den Kelch und wickelte ihn in ein großes Tuch ein. Dann nahm sie die Kräuter von Paul, den Mörser und ihre geliebte Räucherschale. Auch die Brennnesselsamen, die sie in ein großes Glas gefüllt hatte, packte sie daneben. Sie stopfte alles in die große Tasche.

In die Zwischenräume der Tasche stopfte sie die Grablichter, zwei Feuerzeuge und den kleinen Dolch. Obendrauf kamen ihr Buch der Schatten und zwei Decken. Die Tasche war regelrecht vollgestopft. Glücklicherweise war sie nicht besonders schwer, weil die zwei Decken den meisten Platz brauchten. Bis sie los musste, war noch Zeit. Gleich würde es Mittag geben und danach könnte sie noch ein bisschen im Internet stöbern und sich für das Ritual inspirieren lassen. Sie stellte die Tasche neben die Tür und ging runter in die Küche. Der Duft war ihr schon in die Nase gestiegen, als sie ihr Zimmer verlassen hatte. Als sie dann die Küche erreichte, sah sie wie ihre Mutter voll in ihrem Element war und etwas kulinarisches zauberte.

Viel gab es nicht mehr zu helfen, wie Susy feststellen musste. Also übernahm sie das

Decken des Tisches. Ihre Mutter hatte eine Nudel-Brokkoli-Pfanne auf dem Herd und sie stellte die Schüsseln hin. Zudem hatte sie nebenbei vegane Muffins gebacken und sie mit Kirschen gefüllt. Beides war etwas, dass Susy das Wasser im Mund zusammenlaufen ließ und so war sie froh, dass schon wenige Minuten später ihr Vater auftauchte und ihre Mum alle zum Essen rief.

Es schmeckte und sie spürte, wie sich ihre Batterien auffüllten. Ihr war klar, dass sie heute Abend fit sein musste. Sie hatte einen Plan und sie war dafür verantwortlich, dass er klappte. Denn auch wenn sie alle drei im Coven gleich waren und keiner der Boss war, so war sie doch die Planerin und der Motor, der alles in Gang brachte. Sie liebte sich in dieser Rolle und sie füllte sie normalerweise gut aus. Dennoch war dieser Abend anders. Denn sie würden draußen sein und nicht geschützt zu Hause. Es gab zu viele Dinge, die einfach nicht planbar waren.

Nach dem Essen zappte sie durch die Videos im Internet, die es zu dem Thema gab. Die meisten davon hatte sie schon gesehen und dennoch brauchte sie mehr Futter. Nebenbei starrte sie alle paar Minuten auf die Uhr. Die Zeit kroch wie eine Schnecke. Dann plötzlich hielt sie es nicht mehr aus. Obwohl es noch zwei Stunden waren, begann sie sich zu schminken und fertig zu machen und dann radelte sie los.

Als sie im Bubble-Tea Shop ankam, war weder von Hannah noch von Jimin etwas zu sehen. Sie hatte geglaubt, dass sie vielleicht schon da wären. Aber sie war allein. Also sicherte sie sich ihren Platz und bestellte sich dann ihre Lieblingssorte. Wieder an ihrem Platz holte sie ihr Buch der Schatten aus der Tasche und griff nach ihrem Fledermausstift. Sie blätterte zu den Seiten, auf denen sie den Plan für das heutige Ritual aufgeschrieben hatte. Einige Stellen stachen ihr ins Auge und sie verbesserte sie.

Während einer Pause schlürfte sie an ihrem Bubble-Tea und schaute raus in Richtung Friedhof. Wenn alles nach Plan verlief, dann durfte sie sich ab heute Abend offiziell als wahre Hexe fühlen. Denn dann hätte sie endlich alle Voraussetzung erfüllt: Sie hatte ein Buch der Schatten, Grundkenntnisse in Magie und am wichtigsten: Sie wäre Mitglied in einem echten Coven, der magische Rituale abhielt. Sie konnte sich nicht erinnern, wie lange sie schon davon träumte. Bald würde es wahr werden.

Susy blätterte weiter durch ihr Buch der Schatten und kam zu der Seite, auf der sie sich Notizen zu den Tarotkarten und den Runen gemacht hatte, die sie gezogen hatte. Diese enthielten zweifelsfrei eine Warnung, aber das war nur eine Hälfte der Botschaft, denn dazu kam noch die dritte Antwort des Ouija Brettes. Ing oder Inguz war die Rune der Entwicklung und Verwandlung. Sie war bereit aus ihrem Kokon zu schlüpfen und zu einer echten Hexe zu werden.

Just in diesem Moment rauschte ein Roller am Fenster vorbei. Unverkennbar war es Jimin. Seine Art zu fahren, war einzigartig. Heute trug er sehr dunkle Sachen, was sonst nicht seine Art war. Aber das war sicher für ihren nächtlichen Ausflug gedacht und in dem Rucksack auf seinem Rücken befand sich bestimmt der Zauberumhang, den sie ihm genäht hatte.

„Du bist schon hier?", fragte er verwundert.

„Mir ist zuhause die Decke auf den Kopf gefallen", antwortete Susy.

„Ich wollte noch zeichnen, bevor wir uns auf den Friedhof schleichen", sagte er.

„Kein Problem. Ich bin eh noch mit meinem Buch der Schatten beschäftigt", erwiderte sie, um ihn zu beruhigen.

„Dein legendäres Buch der Schatten", lachte er, „Hannah hat mir schon eine Menge davon erzählt."

Sein letzter Satz irritierte sie. Dass Hannah und er über sie sprachen, war logisch und für sie völlig in Ordnung. Dennoch hätte sie gern gewusst, was Hannah alles verraten hatte. Doch das waren Fragen für einen anderen Tag, denn heute stand alles im Zeichen des Neumondes, der ihr Leben als Covenhexe einläuten sollte.

Jimin verkrümelte sich zur Theke, um sich seinen Bubble-Tea zu holen. Die Zeit nutzte sie und schrieb ihre Gedanken auf, die ihr eben durch den Kopf geschossen waren. Dann blätterte sie wieder zu der Seite mit den drei Antworten des Ouija Brettes, den Tarotkarten und Runen. Alle gaben ihr viele Hinweise. Das Problem mit den magischen

Zeichen war, das meist erst im Nachhinein ersichtlich wurde, was sie genau meinten.

Mit frischem Bubble-Tea kam Jimin zurück und kramte dann die Zeichenstifte und sein Manga aus dem Rucksack. Susy erhaschte einen Blick in seine Tasche und sah den Zauberumhang. Er hatte ihn zu einem feinen Bündel gefaltet und verschnürt. Danach vertiefte sich jeder der beiden in seine Seiten. Jimin zeichnete und Susy plante.

Erst als Hannah auftauchte, packten sie ihre Sachen ein. Die Sonne war dabei hinter den Horizont zu wandern. Es war noch etwas Zeit und dennoch wurden die drei angespannter. Besonders Hannah war es anzumerken. Sie war die Sensibelste des Covens und begann mit ängstlichen Fragen zu nerven.

„Was machen wir, wenn der verrückte Sohn des Friedhofswärters auftaucht?", oder, „Was wenn jemand uns sieht und die Polizei ruft? Meine Mutter wird mich umbringen!"

Nachdem Susy gescheitert war, gelang es Jimin schließlich sie wieder zu beruhigen. Er erklärte ihr, dass er schon mehrmals bis spät abends auf dem Friedhof geblieben war, um zu zeichnen. Dabei hatte er fast immer seine

Taschenlampe am Handy eingeschaltet und trotzdem hatte ihn niemand bemerkt oder die Polizei gerufen. Selbst der verrückte Eddy ließ sich nie um diese Zeit blicken.

12

Es schlug zur Hexenstunde. Sie hatten sich gemeinsam noch einen letzten Bubble-Tea bestellt und ihn gemeinsam ausgeschlürft. Dann hatten sie ihre Sachen gepackt und sich Mut zu gesprochen. Ihre Roller und Susys Fahrrad schlossen sie zur Sicherheit in der Nähe des Friedhofs an. Gute Vorbereitung sei alles, hatte Susy gesagt und so wären sie in der Lage schnell wegzukommen, falls es ein Problem gäbe. Unauffällig liefen sie am Eingang des Friedhofs vorbei, um die Lage auszukundschaften. Alles sah friedlich aus. Jimin rüttelte kurz am Tor und es war wie erwartet verschlossen. Also liefen sie um den Friedhof herum bis zum alten Denkmal. Der Horizont verschluckte gerade den Rest der Sonne. Nun musste sie Jimin aufs Gelände des Friedhofs führen, wie er es versprochen hatte.

Zuerst verwirrte er Susy, denn er lief direkt auf das dichte Gestrüpp zu, welches vor der großen Mauer wuchs. Als er bemerkte, dass die Mädchen zögerten, ihm zu folgen, bat er sie, ihm zu vertrauen. Die beiden sahen sich kurz an und es war für einen Augenblick so wie an dem Tag, an dem sie Jimin getroffen hatten. Viel Zeit war seitdem zwar nicht vergangen, dafür war umso mehr passiert. Besonders für Hannah hatte sich diese Begegnung zu einem Glücksfall entwickelt. Ihr Traum von einem Freund hatte sich endlich erfüllt. So war es zuerst Hannah, die ihren Blick löste und lächelnd Jimin folgte. Susy blieb allein zurück, aber zögerte nicht lange, denn alleine fühlte sich diese Gegend gruselig an.

Das Gestrüpp war dicht. Es bestand aus dichtem Bewuchs aus Gräsern, Sträuchern und kleinen Bäumen. Einige der Sträucher hatten spitze Dornen. Susy schrie auf, als sie an einem der Sträucher hängenblieb. Sie riss sich sofort wieder zusammen. Was vor ihr lag, war wichtiger als ein paar Kratzer.

Jimin schleifte sie immer weiter vorwärts auf dem kleinen Trampelpfad, welcher sich zwischen dem Gestrüpp und der Mauer des Friedhofs gebildet hatte. Susy hatte längst keine Ahnung mehr auf welcher Höhe des Friedhofs sie sich befanden. Der Pfad war schmal, aber er war so gut verborgen, dass niemand von außen sehen konnte, wie sie sich hier durchdrängelten. Auf einmal schrie Jimin vor ihnen:

„Hier ist es!"

Susy und Hannah holten zu ihm auf. Dann sahen sie sich verwirrt an. Die Stelle, an welcher ihr Hexenbruder stehen geblieben war, sah nicht anders aus als die anderen. Auf der einen Seite war die Wand und auf der anderen der wilde Wuchs aus Büschen und Bäumen. Kurz begann Susy zu zweifeln und sah sich in Gedanken schon wieder heim gehen. Jimin erriet ihre Gedanken und fragte ernsthaft:

„Mädels, vertraut ihr mir denn gar nicht? Ich habe gesagt, dass ich euch da reinbringe, also tue ich es auch!"

Dann trat er einige Sträucher zur Seite und eine Metallplatte kam zum Vorschein. Susy hoffte, dass er nicht von ihnen erwarten würde, dort runterzuklettern. Leider hatte sie die Rechnung ohne den Wirt gemacht, denn er öffnete unter Einsatz seiner Muskeln die Platte. Unter der Platte tat sich ein schmales Loch auf, an dessen Seite sich mehrere verrostete Leitersprossen befanden. Ohne zu zögern, stieg er auf die erste Sprosse und begann in das Loch zu steigen.

Die beiden Mädchen sahen ihm mit großen Augen hinterher. Auf keine der beiden wirkte das Loch sehr einladend. Hätte ihnen Jimin vorher gesagt, dass sie in ein solches Loch kriechen müssten, dann hätten sie sich sofort nach einem anderen Ort für das Ritual umgesehen. Denn in so einem Loch konnten alle möglichen Gefahren lauern. Das fing bei kampferprobten Ratten an und reichte bis zu unsichtbaren Löchern, in welche sie fallen könnten.

„Kommt schon!", schrie Jimin plötzlich aus dem Loch. Er musste schon einige Meter tief im Loch drin sein, denn seine Stimme klang dumpf, als würde er sich in einem Tunnel befinden.

Wieder war es Hannah, die als erste ihren ganzen Mut zusammennahm und ihren Fuß auf die oberste Sprosse stellte. Mit einem mulmigen Gefühl kletterte sie die Stufen runter. Susy beugte sich vor und sah ihr hinterher, bis sie Hannah aus den Augen verlor, weil sie duckend in einen kleinen Tunnel lief, der sich am Boden des Loches befand. Susy atmete tief durch und machte sich klar, dass sie sowieso keine Wahl hatte. Dann setzte sie ihren linken Fuß auf die erste Sprosse und begann den Abstieg.

Zu ihrer Überraschung saßen die Sprossen sehr fest in der steinernen Wand. Als zweites fiel ihr auf, dass der Gang zu schmal für sie war, solange sie ihren Rucksack auf dem Rücken trug. Deshalb nahm sie ihn ab und ließ ihn an einer Hand nach unten baumeln, damit der Platz ausreichte. Vorsichtig setzte sie Fuß um Fuß auf die Sprossen, die unter ihr lagen. Es waren mehr Sprossen, als es von oben den Anschein gemacht hatte. Sie zählte sie nicht, aber schätzte, dass es mehr als zwei Dutzend waren.

Desto tiefer sie stieg, desto düsterer wurde es. Auch beim Blick nach oben merkte sie, wie die Nacht begann, die letzten Reste des Sonnenlichts zu verschlucken. Sie rümpfte die Nase, denn der muffige Geruch vom Boden des Lochs wurde immer stärker und überall hingen Spinnweben herum. Endlich erreichte sie den Grund. Als sie den Fuß auf den Boden setzte, bemerkte sie, dass er matschig war. Sie fragte sich, woher das Wasser kam. Dann drehte sie sich um und sah in den dunklen Tunnel.

Von Hannah oder Jimin war nichts mehr zu erkennen. Dafür nahm sie wahr, wie ihr Herz anfing zu rasen. Dunkle, enge Räume hatte sie noch nie gemocht und dieser Gang wirkte wie der Supergau. Aber auch diesmal hatte sie keine Wahl. Ihre Freunde waren schon drin; womöglich sogar schon durch und warteten am Ende des Tunnels auf sie. Im wahrsten Sinne dachte sie Augen zu und durch und schloss ihre Augen beim ersten Schritt.

Um nicht an die Decke zu stoßen, musste sie sich ducken. Den Rucksack hatte sie sich vor die Brust geklemmt, damit sie zusammen durch den engen Tunnel passten. Zu sehen war nichts mehr. Am Ende des Tunnels gab es nicht mal ein Licht. Tapfer stapfte sie vorwärts. Bis sie mit dem Rucksack gegen eine Wand stieß, die direkt vor ihr lag. Das verwirrte sie, denn es konnte keine Sackgasse sein, sonst müssten auch Hannah und Jimin hier sein. Aber das waren sie nicht. Suchend drehte sie ihren Kopf in der Dunkelheit und plötzlich erkannte sie das fahle Licht auf ihrer rechten Seite. Jetzt sah sie auch die Ränder des Tunnels und die Schatten zweier Personen, die am Ende winkten.

Erleichtert atmete Susy auf. Dann raffte sie ihren Mut zusammen und stampfte durch den Rest des Tunnels, der langsam aufwärts führte, bis sie die beiden Schatten erreichte. Hannah stand da und spielte gelangweilt an ihrem Handy, während Jimin am Rand einer Tür stand und nach draußen spähte.

Ihre Augen gewöhnten sich an das spärliche Licht. Sie wusste nicht genau, wo sie waren, aber sie vermutete, dass es eine alte Gruft war. Davon gab es viele im verfallenen Teil des Friedhofs. Sie stammten aus einer längst vergessenen Zeit. Sie gehörten den Familien, die es sich hatten leisten können, sich zum

Andenken an ihre Ahnen teure Grabstätten bauen zu lassen.

„Die Luft ist rein", erklärte Jimin, als er zu ihnen zurückkam und er fügte hinzu, „schön, dass du es doch noch geschafft hast, ich habe schon befürchtet, Hannah und ich müssten allein auf dem Friedhof übernachten."

Jimin klopfte ihr freundschaftlich auf die Schulter und sie musste lachen. Dennoch war es ihr peinlich und sie nahm sich vor, den Rest des Abends mutiger zu sein. Deshalb schulterte sie den Rucksack und ging ohne zu zögern nach draußen. Erst einmal lief es ihr allerdings kalt den Rücken runter, denn ihr fiel die Szene mit dem betrunkenen Eddy wieder ein, als sie zuletzt hier gewesen war.

Sie vertrieb die Erinnerung und sah sich um. Als sie sich umdrehte, bemerkte sie, dass sie recht gehabt hatte. Sie waren durch den Tunnel wirklich in eine der Grüfte gelangt. Es war eine ziemlich verfallene. Neben den anderen wirkte sie ziemlich unscheinbar, was möglicherweise erklärte, warum außer Jimin niemand von dem Tunnel wusste.

Auch ihre beiden Hexenfreunde kamen aus der Gruft. Hannah sah sich ängstlich um.

Nachts auf einem Friedhof zu sein, passte nicht zu ihrem sensiblen Wesen. Ihr Freund Jimin hingegen wirkte sehr entspannt. Ohne lange zu zögern, lief er einen schmalen Trampelpfad entlang. Die beiden Mädchen guckten sich wieder an und folgten ihm dann ohne weiter zu zögern. Nach einigen Metern erkannten sie, wohin er lief.

Sein Ziel war ein kleiner Hügel. Susy hatte ihn noch nie bemerkt, allerdings war sie auch vorher nicht im hinteren Teil des Friedhofs gewesen. Als sie näher kamen, erkannten sie, dass der Hügel aus Gerümpel und Bauschutt bestand und künstlich aufgeschüttet worden war. Jedoch stieg Jimin sowieso nicht auf den Hügel, sondern er ging im Kreis um ihn herum.

Hinter dem Hügel gab es eine große Kuhle. Susy wusste nicht, ob sie natürlich oder von einem Bagger ausgehoben worden war, aber ihr wurde sofort bewusst, dass sich diese Kuhle wunderbar für ihr Ritual eignete. Wieder schien Jimin ihre Gedanken bemerkt zu haben und er lächelte sie zufrieden an. Susy stellte sich in die Mitte des kleinen Platzes und sah sich um.

Sie gab zu, dass der Ort perfekt war. Er war klein, er war rund und vor allem war er gut geschützt. Vor ihnen war der Hügel, hinter ihnen die Mauer, auf der einen Seite lagen nur die Grüfte und selbst die letzte Seite war nicht einsehbar. Sie nahm ihren Rucksack ab und stellte ihn in die Mitte. Dann breitete sie die Arme aus und atmete tief durch, um die Magie zu spüren.

„Habe ich euch zu viel versprochen?", fragte Jimin mit siegessicherer Stimme.

„Der Ort ist wunderbar!", antwortete Susy.

Hannah sagte auch etwas, aber es war mehr so etwas wie ein tiefes Grummeln. Ihr schien der Ort nicht zu gefallen, stattdessen sah sie eher ängstlich aus. Susy ließ sich davon nicht irritieren. Sie öffnete ihren Rucksack und nahm alle Hexenutensilien heraus und stellte sie fein säuberlich auf den Boden.

Als letztes holte sie ihren Zauberumhang aus dem Rucksack und hielt ihn mit weit ausgestreckten Armen in die Höhe. Sanft strich sie über den leicht rauen Stoff. Sie mochte dieses Gefühl. Es war rein und natürlich und spiegelte ihrer Meinung nach das wahre Wesen der Magie perfekt wieder.

Langsam streifte sie ihn über und spürte, wie seine Aura mit ihrer verschmolz.

Hannah und Jimin taten es ihr gleich. Während Hannah ihren Umhang einfach überstreifte und dann eine Menge Selfies mit ihrer Handycam schoss; ging Jimin sehr viel dramatischer vor. Er hielt ihn genauso wie Susy in die Luft. Dann flüsterte er ein paar Worte. Susy sah zwar, wie sich seine Lippen bewegten, aber verstand nicht, was er sagte. Dann zog er ihn an und als er fertig war, setzte er die Kapuze auf und kniete sich hin.

Mit der Kapuze und nach unten geneigtem Kopf hockte er einige Momente am Boden. Die Mädchen sahen ihm zu, abwartend, was er als nächstes tun würde. Jimin erhob sich nach einiger Zeit. Erst breitete er die Arme wie Flügel aus, ähnlich wie es Susy getan hatte. Dann riss er seine rechte Hand nach oben, als ob er einen Apfel pflücken wollte, bevor er seine Hand zu einer Faust ballte und selbstbewusst lächelte.

Hannah schien von der Szene ganz angetan zu sein. Wie angewurzelt stand sie da und guckte ihrem Freund zu. Susy hingegen war wieder ganz in ihrem Element. Sie war hier aus einem Grund, sie wollte Ritualmagie praktizieren und sie hatte einen Plan, wie alles ablaufen sollte. Deshalb konzentrierte sie sich, um alle Schritte einzuhalten, die sie aufgeschrieben hatte.

Sie begann mit einer großen Decke und breitete sie auf dem Boden aus. Darauf legte sie eine kleine Decke mit schönen Mustern. Auf diese stellte sie den Kelch, ihren Saft und legte dazu den kleinen Dolch drauf, den sie bei einer Aktion im Internet für die Hälfte bekommen hatte. Als nächstes verteilte sie die Grabeskerzen. Zum Schluss kamen die Räucherschale, die Brennnesselsamen und Pauls Kräuter. Sie arrangierte alles fein zu einem malerischen Stillleben. Als sie fertig war, stand sie auf und sah sich ihr Kunstwerk aus einiger Entfernung an und lächelte.

Jimin wollte die Grablichter anzünden. Sie gab ihm ein Feuerzeug und stellte sich zu Hannah. Gemeinsam sahen sie zu, wie Jimin eine rote Kerze nach der anderen anzündete. Langsam verwandelte sich die Szene. Aus der unscheinbaren Kuhle wurde ein mystischer Ritualplatz, der die Aura magischer Kräfte versprühte. Susy war mit sich zufrieden. Ihr Arrangement erfüllte seinen Zweck.

Nachdem Jimin fertig war, nahm sie den silbernen Kelch und füllte den Saft ein. Dann trank sie einen Schluck und atmete ein letztes Mal tief durch, um ihre magischen Kräfte zu sammeln. Denn gleich würde sie in die Rolle der Hexe schlüpfen, die durch das Ritual führte. Seit Monaten träumte sie von diesem Augenblick. Sie hatte ihr Ziel fast erreicht. Denn sie waren hier, sie waren zu dritt und damit wirklich ein kleiner Coven und am wichtigsten: Sie waren bereit.

„Kommt zu mir, damit ich den Kreis ziehen kann!", forderte sie ihre Hexenfreunde auf.

Die beiden folgten ihrer Aufforderung und Susy nahm das Glas mit den Samen der heiligen Brennnessel. Sie liebte diese Pflanze. Im Laufe der letzten Monate hatte sie sehr viel recherchiert über Kräuter und magische Pflanzen. Fast jede Hexe hatte beschrieben, wie mächtig die Brennnessel war und wie gut sie schützen konnte.

Sie öffnete das Glas und ging zu einem Ende der Decke. In einem großzügigen Bogen zog sie einen Kreis aus Brennnesselsamen. Das

Glas hielt sie dabei halb zugeschlossen, damit vorne eine kleine Öffnung war. Gebückt lief sie den Kreis bis zum Ende ab. Als sie das andere Ende erreichte, war das Glas fast leer.

„Denkt dran, den Kreis nicht zu verlassen!", warnte Susy ihre beiden Freunde ernst: „er ist unser größter Schutz während des Rituals. Er wird alle bösen Energien draußen halten, welche uns schaden könnten. Um das zu schaffen, werde ich die Elemente der vier Himmelsrichtungen anrufen, damit sie den Schutzkreis aufbauen und uns sicher durch unser Ritual begleiten."

Sie versammelten sich zu dritt neben der kleinen Decke, auf welcher die magischen Gegenstände ausgebreitet waren. Dann trat Susy vor und stellte sich in den Norden, denn hier wollte sie damit beginnen, die heiligen Himmelsrichtungen anzurufen. Eine Hexe hatte in ihrem Blog im Internet geschworen, dass sie mit dieser Reihenfolge die besten Erfahrungen gesammelt hatte.

Zuerst rief sie den Norden an, der mit der Erde verbunden war. Dafür griff sie sich ein Stück Erde vom Boden. Während sie den Norden um Schutz anrief, ließ sie den Sand sehr langsam aus ihrer geschlossenen Faust rieseln. Sie folgte dem Uhrzeigersinn und wandte sich nach Osten. Der Osten war mit der Luft verbunden. Also blies sie zehn mal kräftig in die Luft, nachdem sie den Osten um Schutz angerufen hatte.

Dem Osten folgte im Uhrzeigersinn der Süden. Weil der Süden mit der Kraft des Feuers verbunden war, nahm sie sich einige Kräuter und ein Feuerzeug. Zuerst rief sie den Süden an, um ihn um Schutz zu bitten. Dann zündete sie die Kräuter an, um die Macht des Feuers zu rufen. Zum Schluss drehte sie sich nach Westen. Der Westen war mit dem Wasser verbunden. Sie brauchte also etwas flüssiges. Sofort war ihr der Kelch eingefallen. Sie griff ihn mit beiden Händen und hielt ihn vor sich in die Höhe. Dann rief sie den Westen an und bat ihn um Schutz. Als sie damit fertig war, führte sie den silbernen Kelch vorsichtig an ihre Lippen und trank einen langen Schluck. Dann kippte sie einen Schluck auf die Erde.

„Bravo", klatschte plötzlich Jimin hinter ihr, „das war eindrucksvoll. Ich werde das direkt in mein Manga einbauen. Das wirkt einfach genial!"

Susy verneigte sich leicht. Sie war dankbar für den Applaus und auch glücklich, weil sich Hannah ebenfalls zu entspannen schien. Dann wies sie ihre Freunde an, sich in einem kleinen Kreis um den improvisierten Altar am Boden aufzustellen.

Während Hannah und Jimin ihr zusahen, hockte sich Susy hin. Sie nahm die kleine Mörserschale und kippte einige Kräuter hinein. Mit kreisenden Bewegungen zerrieb sie die Kräuter. Dann nahm sie die zweite Schale und zündete die kleine Kohle an. Sie blies sanft hinein, um die Glut anzuheizen. Als die kleine Kohle in einem feinen Orange glühte, gab sie die zerriebenen Kräuter dazu. Einige Momente wartete sie und genoss den feinen Rauch, welcher in einer kleinen Säule aufstieg.

Dann erhob sie sich ehrfürchtig. Sie hielt die Schale einige Augenblicke auf Schulterhöhe, damit sich der Geruch verteilen konnte. Sie konnte sehen, wie ihre beiden Hexenfreunde tief einatmeten. Dann hob sie die Schale weit über ihren Kopf in Richtung Himmel. Wieder ließ sie einige Augenblicke verstreichen.

Sie hatte lange recherchiert. Leider gab es sehr viele Traditionen und am Ende hatte sie sich die besten Stücke rausgesucht, um das Ritual mit der Anrufung zu beginnen. Sie hatte sich entschieden, zuerst die große Göttin und die Kraft des Mondes anzurufen. Als nächstes würde sie dann den Erdgott anrufen. Er war für sie die personifizierte Kraft der Erde. Denn die dritte Antwort des Ouija Brettes hatte sie direkt zu ihm geführt und ihr Ritual sollte dazu dienen, dass die Erdmagie wieder gestärkt würde.

Sie ließ noch einige Zeit die Schale in der Luft schweben und ihren heiligen Duft verbreiten. Dann setzte sie das Räuchergefäß wieder ab und griff sich den Saft und füllte den Kelch erneut mit Saft. Dann hob sie den Kelch hoch in die Luft und begann mit der Anrufung. Zuerst rief sie die große Göttin an, dann den Mond und zuletzt den Erdgott. Nach jedem einzelnen Mal gab sie den Kelch herum und jede Hexe nahm einen kleinen Schluck. Sie kamen zur dritten Anrufung des Erdgottes. Wieder hob Susy den Kelch hoch:

„Wir rufen dich an, heiliger, mächtiger Gott der Erde. Komm zu uns in den Kreis und vereine dich mit uns, um die Magie der Erde wieder zu stärken und die Natur zu heilen."

Dann nahm sie einen kräftigen Schluck. Sie genoss das Gefühl des Saftes und spürte wie die Magie in ihr stärker wurde. Dann gab sie den Silberkelch an ihren Hexenbruder Jimin weiter, welcher im Uhrzeigersinn neben ihr stand. Auch er hielt den Kelch in die Höhe und rief den Erdgott Inguz an, zu ihnen zu kommen und die Magie der Erde zu stärken, um die Umwelt zu schützen. Er nahm danach einen Schluck und reichte den Kelch an Hannah weiter.

Die griff hektisch zu. Susy hatte schon fast Sorge, sie würde den Kelch fallen lassen. Dann hielt sie vorsichtig den Kelch in die Höhe und rief die Göttin, den Mond und den Erdgott zu sich. Als sie den Kelch senkte, erschrak sie plötzlich. Ein Lichtkegel tanzte vor ihr auf dem Boden und er hielt direkt auf sie zu. Auf einmal stach er ihr direkt in die Augen. Sie wollte ausweichen und ging einen Schritt zurück. Hektisch und tollpatschig behinderte sie sich mit ihren eigenen Füßen und verlor das Gleichgewicht. Sie torkelte nach hinten. Jimin versuchte sie zu greifen, doch es war zu spät. Sie fiel.

Der Kelch knallte laut, als er auf dem Boden aufschlug. In ihrem Versuch sich aufrecht zu halten, war sie noch mehr ins Straucheln geraten und dann seitlich rückwärts gefallen. Während Jimin ihr eilig zu Hilfe eilte, war Susy wie paralysiert.

Susys Augen weiteten sich und starrten entsetzt auf die Brennnesselsamen an der Stelle, an der Hannah zu Boden gegangen war. Der Schutzkreis war zerstört. Nicht nur Hannah auch der silberne Kelch hatte den magischen Kreis verlassen. Das verlor jedoch an Bedeutung, denn es tauchte ein anderes Problem auf, das plötzlich anfing extrem laut zu brüllen:

„Habe ich es doch geahnt, ihr teuflischen Hexen. Aber wartet, ich krieg euch und dann schicke ich euch zurück in die Hölle."

Hannah reagierte als erste, indem sie laut zu kreischen anfing. Jimin war der zweite. Er stellte sich schützend vor seine Hannah und streckte die Hand aus wie ein Schülerlotse, der ein Auto auf der Straße stoppen wollte.

Aber das Gebrüll wurde nicht weniger und das Ungetüm kam näher.

Susy selbst wusste nicht, was sie tun sollte. In ihr tanzten zwei Stimmen, die eine riet ihr wegzulaufen und die andere wollte, dass sie ihre Sachen verteidigte. Denn das waren ihre Heiligtümer. Auch wenn sie unbefugt auf den Friedhof gelangt waren, so konnte sie doch ihre Utensilien nicht irgendeinem Monster überlassen. Es war schließlich Jimin, der sie aus ihrer Erstarrung riss.

„Komm schon!", schrie er, „wir müssen hier weg und zwar schnell. Dieser Verrückte haut uns sonst in Stücke."

Das Jimin recht hatte, merkte sie als ein Stein neben ihr auf den Boden knallte. Sie blickte in den tanzenden Lichtkegel. Viel war nicht zu sehen und doch zeichnete sich der Schatten eines Mannes ab. Gerade bückte er sich um einen neuen Klumpen aufzuheben. In der anderen Hand hielt er die Lampe und etwas, das mit ziemlicher Sicherheit ein Baseballschläger war.

Jetzt verfiel sie auch in Panik. Sie hatte mit vielem gerechnet; in erster Linie mit Geistern oder den unkontrollierbaren Wirkungen der

Chaosmagie, aber ihr wäre nie der Gedanke an einen gewöhnlichen Schläger gekommen. So etwas profanes passte einfach nicht zur Magie. Das was jedoch auf sie zurannte, holte sie hart auf den Boden der Tatsachen zurück.

Jetzt zerrte auch Hannah an ihr. Die beiden schrien sie an, endlich loszurennen und sie hatten recht. Also rannte sie. Sie wusste nicht wohin, aber das war erst einmal egal. Sie lief einfach hinter ihrer Freundin hinterher, die wiederum Jimin folgte.

Susy wusste nicht wie, denn Jimin hatte Haken geschlagen wie ein Hase, welcher vor einem wilden Hund wegläuft. Aber sie waren wieder in der alten Gruft gelandet, von der aus sie gestartet waren. Susys Lunge brannte. Sie mochte Sport nicht. Weder machte es ihr in der Schule Spaß und noch weniger, wenn es darum ging, vor einem irren Hexenjäger wegzulaufen. Sie schnappte nach Luft.

„Wer war das?", krächzte sie heiser.

„Ich vermute, dass das Eddy war", überlegte Jimin, „die Stimme hat verdammt betrunken geklungen und außer ihm gibt es niemanden, der Zugang zum Friedhof hat."

„Wir müssen zurück und die Sachen holen", warf Susy ein.

„Bist du komplett verrückt", schrie Hannah verzweifelt, „dieser Irre wird uns umbringen. Wir müssen hier weg und zwar sofort." Susy gestand sich ein, dass sie niemals den Mumm hatte, allein zurückzugehen. Denn Eddy war sehr gefährlich, dass hatte sie vom ersten Augenblick an gespürt, als sie ihm auf dem Friedhof begegnet war. Also folgte sie ihren beiden Freunden durch den nassen, dunklen Tunnel und kletterte am Ende zerknirscht die metallenen Sprossen hoch. Jimin reichte ihr die Hand, als sie endlich oben ankam. Dann rannten sie den schmalen Pfad entlang, der zwischen Mauer und Gestrüpp verlief und hielten erst an, als sie bei ihren Rädern waren.

Eilig schlossen sie diese ab. In ihrer Panik wussten sie nicht, wohin sie sollten. Deshalb trennten sie sich. Hannah fuhr mit Jimin und Susy radelte allein nach Hause. Erst als sie ihr Fahrrad in der Garage abgestellt hatte, atmete sie erleichtert auf. Der Abend war ein totaler Reinfall geworden. Sie hatte ihr Ritual nicht abhalten können, schlimmer noch sie hatte alle ihre geliebten Utensilien verloren.

Dann kamen die Tränen. Warum sie bisher nicht wie ein Wasserfall geheult hatte, wusste sie nicht. Wahrscheinlich war sie paralysiert von dem Angriff gewesen. Jetzt aber entlud sich die ganze Ladung und weichte ihr Make-up auf. Frustriert setzte sich Susy auf einen kleinen Hocker und vergrub ihre Hände im Gesicht.

Wie lange sie schon gesessen hatte, wusste sie nicht. Es waren sicher mehr als zwanzig Minuten gewesen und dennoch liefen ihre Tränen weiter. In dieser Nacht waren ihre Träume beerdigt worden. Weil sie so in sich gekehrt war, kriegte sie das Rascheln von draußen nicht mit. Nur am Rand bemerkte sie, wie sich die Tür öffnete:

„Susy? Was ist passiert?"

Susy hob langsam ihren Kopf. Die Augen ihres Vater waren groß wie Kastanien und er strahlte tiefe Sorgen aus. Der Anblick seiner Tochter berührte ihn. Denn normalerweise war es nicht ihre Art zu heulen. Sonst war sie selbstbewusst und bestimmt. Sie war dafür bekannt, sich von niemanden die Butter vom

Brot nehmen zu lassen. Was also war mit ihr passiert?

Susy wusste nicht, was sie tun sollte. Sie könnte sich irgendeine Geschichte einfallen lassen. Am einfachsten war es, ihm zu erzählen, dass ein Junge ihr das Herz gebrochen hätte. Sie fand Lügen jedoch grundsätzlich blöd. Falls sie ihm jedoch die Wahrheit erzählen würde, dann könnte es sein, dass er sehr sauer werden würde. Denn unbefugt auf einen Friedhof einzubrechen, war verboten und nicht das, was ihr Vater ihr beigebrachte hatte.

Ihr Vater setzte sich zu ihr und sagte nichts weiter. Sie liebte ihn für seine sensible Seite. Statt sie mit Fragen zu löchern, legte er vorsichtig seinen Arm um ihre Schultern und zog sie zu sich ran. Sie merkte, wie sich ihr Körper entspannte. Auch die Tränen wurden weniger. Seine Nähe gab ihr die verlorene Kraft zurück. Dann begann sie zu erzählen.

Sie erzählte ihm alles. Die Konsequenzen waren ihr egal. Schlimmer konnte es sowieso nicht mehr werden. Sie erzählte ihm vom Ouija Brett, wie sie Jimin getroffen und wie sie sich auf den Friedhof geschlichen hatten.

Auch von der ersten Begegnung mit Eddy erzählte sie und wie Runen und Tarotkarten sie gewarnt hatten. Als sie fertig war, schwieg sie.

„Wir müssen dein Zeug zurückholen!", war das Erste, was ihr Vater sagte. Sie schaute schüchtern zu ihm hoch. Innerlich hatte sie sich auf eine Standpauke gefasst gemacht. Auch mit einer Strafe hatte sie gerechnet, wobei sie natürlich auf elterliches Mitgefühl und etwas Verständnis gehofft hatte. Aber diese Antwort überraschte sie.

„Bist du nicht böse auf mich Papa?", fragte sie vorsichtig.

„Ach Tochter, wir kennen dich doch", sagte er lächelnd, „wir haben doch gemerkt, dass du und Hannah irgendwas vorhatten. Das es etwas mit eurem Hexenkram zu tun hat, war uns sofort klar."

„Und wie meinst du das, dass wir mein Zeug zurückholen müssen?", fragte sie verwirrt.

„Na denkst du, wir dürfen zulassen", sagte er energisch, „dass dieser verrückte Typ dir deine teuren Hexenutensilien klaut. Wir machen einen Plan und dann holen wir uns alles zurück und beim nächsten Mal macht ihr euren Coven bitte bei uns im Garten, wo es keine betrunkenen Friedhofswärter gibt."

Susy war baff. Ihr Vater war wirklich der beste Vater, den sie sich wünschen konnte. Nicht nur dass er sie emotional auffing. ihr Wärme schenkte und ihr das Selbstvertrauen zurückgab. Das Beste war, dass er wirklich dazu bereit war, ihre Hexenutensilien von Eddy zurückzuholen.

13

Am nächsten Tag war sie immer noch gerädert gewesen. Deshalb hatte sie lange mit Hannah telefoniert, die bei ihrem Freund übernachtet hatte. Sie hatte ihr auch von dem Gespräch mit ihrem Vater erzählt. Hannah war genauso beeindruckt gewesen von der Reaktion ihres Vaters wie sie selbst. Für den Nachmittag hatten sie sich zum Bubble-Tea verabredet, um die neue Lage zu besprechen. Als sie das Telefonat beendet hatte, war sie duschen und dann frühstücken gegangen.

Scheinbar hatte ihr Pa alles ihrer Mutter erzählt. Komischerweise war sie auch nicht sauer, obwohl sie schon besorgt anmerkte, wie gefährlich die Sache gewesen war. Ihrer Meinung nach hatten sie noch Glück gehabt, dass sie mit heiler Haut davon gekommen waren. Zum Schluss hatte sie auch ihre Hilfe angeboten und Susy fragte sich, ob sie im falschen Film war oder einfach nur die tollsten Eltern hatte?

Als sie im Bubble-Tea Shop ankam, waren ihre Freunde schon da. Der Schock über den gestrigen Vorfall stand ihnen immer noch ins Gesicht geschrieben. Hannah war die erste, der auffiel, wie entspannt Susy dagegen wirkte. Nachdem die sich ihren Bubble-Tea geholt hatte, fragte sie:

„Wieso bist du so entspannt? Wir haben gestern alles verloren. Unsere ganzen Sachen sind weg!"

Susy antwortete nicht sofort. Letztendlich hatte Hannah recht. Sie hatten in der letzten Nacht erlebt, wie sich ihre Träume einfach in Luft aufgelöst hatten, weil ein verrückter Hexenjäger ihnen in die Quere gekommen war. Nach einigen Schlücken erzählte sie, wie verständnisvoll ihre Eltern reagiert hatten. Das hatte ihr den Mut zurückgegeben und außerdem wollte ihnen ihr Vater helfen, alles zurückzubekommen.

„Cooler Dad!", befand Jimin.

„Wow deine Eltern sind wirklich die Besten, aber wie kriegen wir die Sachen zurück?", fragte Hannah unsicher.

Susy dachte nach. Diese Frage war definitiv berechtigt. Falls ihnen kein Plan einfiel, dann könnte auch ihr Vater nichts tun. Schließlich konnten sie nicht einfach zu Eddy gehen und um ihre Sachen bitten. Denn dann müssten sie zugeben, dass sie sich unerlaubt auf den Friedhof geschlichen hatten.

„Ich weiß", warf Jimin plötzlich ein, „wo Eddy wohnt!"

Die beiden Hexenmädchen sahen ihn mit großen Augen an. Dann fing Jimin laut an zu denken. Der erste Teil seines Plans bestand darin, das Haus auszukundschaften. Falls sich herausstellte, dass ihre Hexenwerkzeuge noch in seinem Haus waren, dann könnten sie einen Plan schmieden, wie sie mit der Hilfe von Susys Vater alles zurückbekämen.

„Wow", war das erste, was Susy einfiel und Hannah quittierte die Idee mit einem dicken Kuss auf Jimins Wange.

Jimin war beflügelt von der Unterstützung seiner zwei Hexen. Deshalb spann er weiter an seinen Ideen. Susys Vater könnte sich als Inspekteur vom Staat ausgeben und ihnen heimlich die Haustür öffnen, damit sie alles rausholten. Oder sie schickten per Post einen Termin, dass Eddy dringend zur Polizei müsste und in der Zwischenzeit würden sie die Sachen holen. Und das waren nur zwei von mehr als einem Dutzend Ideen, die in Jimins ausgefuchsten Verstand gärten. Das wichtigste war, dass die drei ihren Mut und ihre gute Stimmung zurückhatten.

Nachdem sie ihre Bubble-Teas getrunken hatten, wollten sie sich zum ersten Teil ihres Plans aufmachen. Wie sich herausstellte, mussten sie dafür nicht weit gehen. Bis zum Friedhof war es nur ein Katzensprung und wie sich zeigte, lebte Eddy genauso wie sein Vater in einem kleinen Häuschen, dass direkt in die Mauer des Friedhofs eingelassen war.

Sie versteckten sich einige Meter entfernt hinter ein paar Büschen. Von dieser Position aus konnten sie das Haus gut erkennen und zugleich waren sie von drinnen nicht zu sehen. Schon nach kurzem hatten sie Glück und sahen wie Eddy sein Haus verließ. Mit einem alten Motorrad fuhr er weg.

„Puh", ärgerte sich Susy, „der Qualm seines Motorrads stinkt noch schlimmer als er."

„Lasst uns keine Zeit verlieren", mahnte Jimin, „wir wissen nicht, wie lange Eddy weg sein wird."

Die drei liefen geduckt zu Eddys Haus. Es war eine ruhige Gegend. Niemand lebte hier. Nur die Obdachlosen benutzten die Mauer, um ihre Geschäfte zu erledigen. Das Haus besaß nur ein Stockwerk und zur Straße zeigten mehrere Fenster. Das waren auch ihre Ziele. Denn als sie angekommen waren, suchte sich jede:r ein Fenster aus und spähte hinein.

„Ich sehe nichts", rief Hannah, „es sieht nur unordentlich aus. Er sollte sich dringend eine Putzfrau anschaffen."

„Hier ist die Küche", antwortete Susy, „aber ich sehe ebenfalls nichts außer schmutzigem Geschirr."

„Kommt her!", rief Jimin plötzlich hektisch.

Die Mädchen folgten seiner Aufforderung. Nach einem Blick durchs Jimins Fenster war ihnen klar, weswegen er so aufgeregt gerufen hatte. Hinter dem Fenster schien sich Eddys Wohnzimmer zu befinden. Es war genauso vermüllt wie die anderen Räume. Überall lagen leere Pizzakartons herum und die zerdrückten Bierdosen stapelten sich in der Ecke. Außerdem schien er zu rauchen, denn ein übervoller Aschenbecher stand auf dem Tisch.

Doch das war es nicht, weswegen sie Jimin so aufgeregt gerufen hatte. Denn auf der vermüllten Couch lagen noch ein paar andere interessante Sachen. Susy hatte sie sofort erkannt. Es waren schließlich ihre. Da lagen ihr Kelch, die Räucherschale und die beiden Decken. Unachtsam hatte sie Eddy auf die Couch geworfen, als ob es nur irgendwelcher Krempel wäre. Allein dieser Anblick machte Susy traurig.

„Jetzt wissen wir zwar, wo unsere Sachen sind, aber wie bekommen wir sie zurück?", fragte Hannah verwirrt.

„Teil eins der Mission ist abgeschlossen", antwortete Jimin und hielt sich die Hand an die Stirn wie ein Soldat, der salutierte, „es wird also Zeit für den zweiten Teil unserer Rettungsmission."

Susy und er lachten. Nur Hannah guckte weiter verwirrt drein. Jimin war sofort zur Stelle und nahm sie in den Arm. Dann holten sie ihre Roller und fuhren los. Nach einem kurzen Stopp im Bubble-Tea Shop, um Energie aufzutanken, rollten sie zu Susys Haus. Schon von weitem sahen sie Susys Vater an den Hecken hantieren. Erst da fiel ihr auf, dass sie ihm heute hätte helfen müssen. In der ganzen Aufregung hatte sie ihre Pflichten völlig vergessen.

Als er die Kids mit ihren Roller ankommen sah, stellte er seine elektrische Kettenschere zur Seite und öffnete ihnen das Gartentor. Er begrüßte Hannah mit einer Umarmung und gab Jimin einen Schlag auf die Schulter zur Begrüßung, der sehr einladend wirkte. Dann zeigte er zur Garage. Die drei verstanden sofort und fuhren ihre Roller dorthin. Als sie zurückkamen, fragte er:

„Wie habt ihr zwei den nächtlichen Ausflug verkraftet?"

Sie wussten nicht, was sie antworten sollten und blieben stumm. Also übernahm Susy das Reden: „Es ging ihnen genauso wie mir, aber das ist nicht die spannende Neuigkeit!"

„Was ist denn diese spannende Neuigkeit?", fragte er in einem ironischen Ton.

„Wir wissen jetzt, wo unsere Sachen sind", sagte Susy zufrieden, „wir brauchen nur noch einen Plan, um sie zurückzuholen!"

„Na das kriegen wir hin", antworte ihr Vater lächelnd.

„Heißt das, sie wollen uns wirklich helfen?", fragte Jimin unsicher.

„Das Sie klingt so schrecklich altmodisch, immer du bitte und klar, denkt ihr, ich würde meine einzige Tochter im Stich lassen?"

Jimin lächelte und auch Hannahs Augen weiteten sich, obwohl sie von dieser Reaktion wenig überrascht war, denn sie kannte Susys Eltern sehr gut. Zusammen gingen sie in die Küche und ihr Vater sagte ihnen, dass sie sich hinsetzen sollten, während er einen Snack zaubern wollte.

In Wahrheit wärmte er nur die Sachen auf, die Susys Mutter gekocht hatte und er holte den frischen Saft aus dem Kühlschrank.

Dennoch sagte jede Junghexe fleißig danke, als er mit Snacks und Getränken zurückkam. Jimin trank seinen Saft ratzfatz leer und bedankte sich aufrichtig, was dazu führte, dass Susys Vater ihm direkt ein zweites Glas holte.

Dann erzählten sie von ihrem Besuch bei Eddys kleinem Haus am Friedhof. Sie ließen kein Detail aus und erzählten auch wie verkeimt es drinnen aussah. Das Gute war, dass Eddy die Sachen offen herumliegen ließ; sie bräuchten nur noch einen Weg zu finden, um ins Haus zu kommen.

Susys Vater hörte sich alles aufmerksam an. Als die Kids fertig waren, sahen sie ihn an und warteten auf eine Reaktion. Stattdessen legte er nur die Hand an sein Kinn wie der Denker von einer antiken Statue. Mit seinem Mund machte er grübelnde Geräusche. Fast zwei Minuten saß er stumm da und die drei Junghexen starrten ihn ungeduldig an. Dann endlich erlöste er sie von dem anstrengenden Warten.

„Ich glaube, ich habe eine Idee", sagte er mit einem bassigen Unterton, der seine Worte mysteriös klingen ließ.

Gespannt weiteten sich die Augen der drei. Doch Susys Vater ließ sich nicht aus seiner Fassung bringen. Wieder ließ er eine gefühlte Ewigkeit verstreichen, bevor er weitersprach. Es war Jimin anzusehen, dass er kurz davor war zu platzen, da er es nicht länger aushielt. Susy hingegen blieb locker. Sie kannte ihren Vater gut und wusste, dass er dieses kleine Spiel genoss. Dann endlich erklärte er den drei Junghexen seinen Plan:

„Onkel Sam ist Elektroinstallateur. Ich kann mir seine Uniform ausleihen", erklärte ihr Vater, „ich tue dann so, als müsste ich etwas reparieren. Dabei öffne ich euch irgendwie die Tür und während ich ihn weiter ablenke, schlüpft ihr ins Haus und holt euch eure Zauberutensilien zurück."

Hannah klappte die Kinnlade runter und Jimin zog seine Lippen zu einem breiten Lächeln auf. Selbst Susy war baff. Was ihr Vater da vorschlug, war schon fast kriminell. Definitiv war es gefährlich, dennoch spürte sie, dass er es ernst meinte und endlich sah sie wieder Licht am Ende des Tunnels.

14

Sie verkrochen sich im Gebüsch, wie geplant. Nur Jimin war so neugierig, dass er einige große Äste zur Seite bog, um das Schauspiel besser verfolgen zu können. Was er sehen konnte, war Susys Vater, der sich mit seiner Elektrikeruniform, dem Werkzeugkoffer und einem Klemmbrett Eddys Haus näherte. Da er als einziger etwas sehen konnte, erzählte er den zwei Mädchen, was sich zutrug.

„Er hat geklingelt und ich sehe Eddy, wie er wirr aus dem Fenster guckt."

„Öffnet er?", fragte Susy ungeduldig.

„Ja!", antwortete Jimin, „und jetzt erklärt ihm dein Vater etwas und zeigt auf seinen Ausweis."

„Zum Glück sehen sich mein Vater und sein Bruder so ähnlich!", lachte Susy.

„Nicht so laut bitte", warf Hannah ein, „oder willst du, das Eddy uns bemerkt?"

„Wow!", rief Jimin plötzlich, „Eddy hat ihn wirklich reingelassen und ich habe gesehen, wie dein Vater das Klebeband auf den Riegel des Schlosses geklebt hat!"

„Dann kann unser Plan starten", erwiderte Susy ernst.

Sie krochen hinter dem Gebüsch vor und näherten sich in geduckter Haltung Eddys Haus. Als sie es erreichten, drückten sie sich flach an die Hauswand, damit sie Eddy von drinnen nicht sehen konnte. Da Jimin der Größte von ihnen war, schaute er vorsichtig durchs Küchenfenster:

„Ich sehe, wie dein Vater mit ihm redet."

„Er muss ihn dazu kriegen, mit ihm hinten raus auf den Friedhof zu den Hauptleitungen zu gehen, ansonsten können wir nicht rein!", dachte Susy laut.

„Warte!", flüsterte Jimin leise, „ich glaube, es klappt."

Als Jimin das Zeichen gab, dass Eddy mit Susys Vater rausgegangen war, rannten sie zur Tür. Vorsichtig schob Jimin sie auf. Der Trick mit dem Klebeband hatte geklappt und sie ließ sich ganz einfach öffnen. Ohne zu zögern huschten sie ins Haus.

„Das stinkt fürchterlich", hustete Hannah.

„Er ist wirklich ein ekliger Typ", sagte Susy schulterzuckend.

Jimin hörte seinen beiden Hexenschwestern nicht weiter zu. Zielstrebig lief er zu der Couch, auf welcher sie die Hexenutensilien gesehen hatten. Susy und Hannah sahen sich noch etwas um, dann gingen sie auch zu Eddys Couch. Beide bekamen große Augen.

„Sie sind nicht da?", fluchte Hannah.

„Er hat sie hier bestimmt noch irgendwo", antwortete Jimin, „kommt schon, beeilt euch und durchsucht die Schränke."

Während Jimin die ersten Schubfächer schon aufgerissen hatte, liefen die Mädchen zu der anderen hölzernen Schrankwand und begannen zu suchen. Sie öffneten jede Tür und stöberten durch Eddys Sachen. Auch jedes Schubfach rissen sie auf und tasteten jeden Winkel ab. Doch sie fanden nichts.

„Kommt schon", sagte Jimin hektisch, „wir müssen die anderen Räume durchsuchen."

„Aber er könnte jederzeit wiederkommen", erwiderte Hannah verzweifelt.

Jimin antwortete nicht. Er griff Hannah nur fest an der Schulter und schleifte sie in die Küche. Auch hier rissen sie alle Schubfächer auf und schauten in jeden Schrank. Als sie den alten Kühlschrank öffneten, stöhnten sie, als sie die schimmligen Lebensmittel sahen.

„Eddy braucht einen Ernährungsberater", sagte Susy angewidert.

„Aber das hilft uns nicht, unsere Sachen zu finden", erwiderte Hannah.

„Schwafelt nicht Leute", rief Jimin unruhig, „die Zeit läuft gegen uns. Kommt wir gucken uns den nächsten Raum an!"

Hektisch stürmte Jimin voraus. Hannah stöhnte schwer. Susy sah ihr an, dass ihr die Situation schwer zusetzte. Sie hätte sie gern in den Arm genommen und ihr neue Kraft gegeben, doch diese Zeit hatten sie nicht. Sie wussten nicht, wie lange es ihr Vater schaffen würde, Eddy draußen zu beschäftigen. Jeden Moment könnte er zur Tür reinplatzen und dann wären sie geliefert.

Im nächsten Raum war das Schlafzimmer. Am auffälligsten war der riesige Berg mit schmutziger Wäsche. Als sie die Schränke durchsuchten, waren sie fast leer. Doch zum Glück gab es eine Kleinigkeit, die sie darin fanden. Mit einem Freudenschrei hielt Jimin plötzlich einen Sack in die Höhe. Es dauerte einen Augenblick ehe Susy und Hannah begriffen, was Jimin gefunden hatte. Dann begannen sie zu lachen.

„Komm her Susy", rief Jimin, „und schau nach, ob alles da ist."

Sie folgte seiner Aufforderung sofort, nahm ihm den Sack ab und stellte ihn auf den Boden. Dann lugte sie hinein. Ihr fiel sofort der Silberkelch auf. Er glänzte so schön wie immer. Die beiden Decken, der Mörser mit Räucherschale, sogar der angefangene Saft waren da. Sie lächelte:

„Es ist alles da! Du bist super Jimin!"

„Und jetzt lasst uns hier verschwinden", flüsterte Hannah, „ich finde es unheimlich."

Die beiden nickten ihr zu. Jimin band das Seil wieder um den Sack und warf ihn sich über die Schulter. Dann liefen sie zurück in den Flur. Zu ihrem Entsetzen ging in diesem Moment die Hintertür auf, die raus auf den Friedhof führte. Eddy stand da und ihm klappte die Kinnlade runter. Dann bekam er große Augen; jedoch verwandelten sie sich sofort. Als ob er ein Dämon wäre, wurden sie zu dunkelroten Glubschern.

Die drei Junghexen starrten sich entsetzt an. Für einen Moment schien die Zeit still zu stehen. Jimin war der Erste, der wieder zu Sinnen kam und losrannte. Susy folgte ihm. Nur Hannah stand wie angewurzelt da und rührte sich nicht. Das nutzte Eddy und griff nach ihr. Er erwischte ihren Pullover und zog sie hart zu sich ran.

„Jetzt habe ich dich du elende Hexenbrut", schrie er böse, „ich werde dich dem Schöpfer übergeben, so wie es meine Vorfahren mit euch teuflischem Gesindel getan haben!"

Jimin und Susy waren noch im Laufen umgedreht, als sie die Hilfeschreie ihrer Freundin gehört hatten. Jimin raste sofort zurück. Susy folgte ihm, allerdings bemerkte sie, wie ihr Herz anfing, heftig zu pochen, genau wie bei der ersten Begegnung mit Eddy. Sie verspürte Angst und als sie sah, wie er seine Griffel fest um den Hals ihrer besten Freundin schlang, wusste sie, dass ihre Angst begründet war: Eddy war ein gefährlicher Mann.

„Halt Bürschchen", schrie Eddy, als Jimin wütend auf ihn zuraste, „sonst zerquetsche ich der kleinen Hexe das Genick."

Jimin stoppte, aber warf Eddy böse Worte an den Kopf. Der fing jedoch an, sehr böse zu grinsen, als ob er der Herr der Lage wäre. Leider war er das auch. Sie waren unerlaubt in sein Haus eingebrochen. Falls er ihnen Gewalt antäte, könnte er später bei der Polizei einfach behaupten, dass er sich gegen die Einbrecher gewehrt hätte.

„Gebt mir den Sack mit dem Teufelszeug", forderte Eddy sie auf, „dann lasse ich eure kleine, schmutzige Hexenfreundin vielleicht gehen!"

„Was willst du mit unseren Zaubersachen?", platzte es aus Susy heraus, denn sie war nicht bereit, ihm ihre Sachen wiederzugeben.

„Ich will sie verbrennen", antwortete Eddy giftig, „solch ein Hexenzeug hat auf Gottes Erde nichts verloren. Meine Vorfahren waren Hexenjäger und ich werde ihr biblisches Werk fortführen und dieses Teufelszeug ein für alle Mal verbrennen!"

Jimin guckte mitleidig zu Susy. Sie verstand seinen Blick sofort. Er liebte Hannah und Eddys Forderungen waren eindeutig. Mit einem leichten Kopfnicken gab sie ihm zu verstehen, dass sie ihm ihr Einverständnis gab. Er nickte zurück und dann hob er den

Sack, um Eddy zu zeigen, dass er bereit war für den Gefangenenaustausch.

„Hände hoch!", brüllte es plötzlich hinter Eddy.

Alle bekamen große Augen und Eddy schien sogar zu erstarren. Er wurde kreidebleich. Auf einmal tauchte hinter Eddy ein Gesicht auf. Susy konnte es zuerst nicht fassen, aber es war tatsächlich ihr Vater, der hinter Eddy stand.

„Die Waffe ist geladen", fuhr er mit ernster und tiefer Stimme fort, „lass das Mädchen gehen, sonst pumpe ich dich mit Blei voll."

„Okay ...", stotterte Eddy und löste den Griff um Hannahs Hals.

Die begann augenblicklich zu husten und fasste sich an den schmerzenden Hals. Jimin griff nach ihr und zog sie zu sich ran. Er nahm sie in den Arm und küsste sie auf die Stirn. Dann sahen alle wieder zu Susys Vater:

„Dreh dich zur Wand und wage es nicht, dich zu rühren!"

Eddy folgte seinen Befehlen. Er drehte sich zur Wand und streckte seine Hände aus und lehnte dagegen. Erst jetzt sahen die Kids, dass Susys Vater etwas metallisches in Eddys

Rücken presste. Ein Lächeln huschte über das Gesicht ihres Vaters, als er ihre Blicke bemerkte. Dann wurde er wieder ernst:

„Merk dir das Freundchen! Falls du dich rührst, bevor wir aus dem Haus sind, dann hat dein letztes Stündlein geschlagen und du wirst nicht mehr die Gräber ausheben, sondern in einem liegen! Verstanden?"

„Ja", stotterte Eddy und zog den Kopf ein.

Die drei Hexen konnten sich das Lachen nur schwer verkneifen. Sie rissen sich jedoch zusammen, denn kaum eine Minute zuvor hatte die Situation ausweglos ausgesehen. Das Blatt könnte sich wieder wenden, falls Eddy mitbekam, dass es keine echte Waffe war, die Susys Vater an seinen Rücken hielt.

Als ihr Vater losging, rannten auch sie zur Tür. Jimin wartete bis alle draußen waren, dann schloss er die Tür zu Eddys Haus. Susy schlug vor zum Bubble-Tea Shop zu rennen, um wieder klarzukommen. Alle stimmten zu und hasteten los. So saßen sie einige Minuten später mit frischen Bubble-Teas und vielen Tüten Krabbenchips an ihrem Stammplatz. Auch Susys Vater hatte einen Bubble-Tea bekommen, obwohl er zugab, dass das sein erster war und er ihn ein bisschen skeptisch anguckte.

Jimin packte den Sack aus Eddys Haus auf den Tisch. Sorgsam holte er alle Utensilien heraus und reichte sie herum wie kostbare Siegertrophäen. Schließlich begann sich auch Hannah zu entspannen. Der Schock über Eddys brutales Verhalten saß ihr noch immer tief in den Knochen. Der Bubble-Tea und Jimins zärtliche Umarmung halfen ihr, auch wenn sie sicher viele Tage brauchen würde, um den Schrecken zu verdauen. Nachdem sie untersucht hatten, ob alles heil war, wurden die Junghexen neugierig und schließlich war es Jimin, der Susys Vater fragte:

„Wie sind sie auf die geniale Idee mit der Waffenattrappe gekommen?"

Er lachte: „Ich habe mich an einen alten Film erinnert. Wilde Gangster hatten die Freundin des Helden gekidnappt und er hat sich hinter den Boss mit einer Metallstange gestellt und einfach so getan, als wäre es eine echte Pistole. Im Film hat es geklappt und bei uns heute auch; also ein Hoch auf die Illusion."

„Wow!", sagte Hannah verblüfft, „sie haben mir damit das Leben gerettet. Ich wünschte wirklich, sie wären mein Vater."

15

Eddy war besiegt und sie hatten all ihr Hexenzeug zurück. Einzig ihr Ritual fehlte noch, um ein echter Coven zu sein. Auf den Friedhof wollten sie auf gar keinen Fall zurück. Tatsächlich hatten Susys Eltern ihnen ernsthaft geraten, zukünftig besser nachzudenken, bevor sie sich in so unnötige Gefahr begäben.

Zu ihrer Überraschung hatten sie den Hexen angeboten, nächstes Mal das Ritual in ihrem Garten durchzuführen. Also warteten sie bis der nächste Vollmond sich ankündigte.

Noch überraschender war, dass Susys Eltern mit dabei sein wollten. Keine der drei Hexen hatte Einwände dagegen, nachdem Susys Vater sie alle gerettet hatte. In seiner Garage hatte er sich sogar hingestellt und aus alten Schrottresten, die er vom Altmetallhof geholt hatte, eine große, magische Feuerschale für das Ritual zusammengeschweißt.

Deshalb begannen sie ihr Ritual diesmal mit dem Entzünden der Feuerschale. Jimin war zum Feuermagier auserkoren worden und er nahm seine Arbeit sehr ernst. Zusammen mit Susys Vater hatte er mehrere Holzscheite kleingehackt und sie wie zu einem kleinen Zelt in der Schale aufgeschichtet. Mit genug Grillanzünder entzündete er schließlich das magische Feuer.

Susy freute sich, als die Flammen endlich hoch genug züngelten, um in den Himmel zu steigen. Das Feuer gab ihnen mehr magische Atmosphäre als der gesamte Friedhof und sie fragte sich, warum sie ihr Ritual nicht sofort in ihrem Garten abgehalten hatten? Hinterm Haus waren sie ungestört und die großen Hecken verhinderten die neugierigen Blicke der Nachbarn. Außerdem war es hinterm Haus dunkel genug, so dass sie die Sterne sehen konnten.

Dann übernahm sie endlich das Ruder. Sie bat alle Hexen in den Kreis. Als nächstes streute sie mit den Brennnesselsamen einen großen Kreis. Sie genoss es. Denn sie spürte, wie ihr die anderen zusahen. Außerdem warf das Feuer lange Schatten, die wild tanzten. Dann nahm sie ihren Kompass und suchte den Norden. Sie hielt ihren Kelch in die Luft, in den sie zuvor frisches Wasser gefüllt hatte. Dann nahm sie einen Schluck und genoss das erfrischende Gefühl, wie das kalte Wasser ihre Kehle hinunterlief. Danach stellte sie den Kelch ab und nahm sich etwas Erde.

„Göttin des Nordens", rief sie mit tiefer und ernster Stimme in die Luft, „wir rufen dich und bitten dich um deinen magischen Schutz und Beistand. Führe uns in die magischen Sphären der Erde. Gib uns magische Kräfte."

Susy hob etwas Erde auf und hielt sie sich zwischen die Finger, um die erdige Energie des Nordens zu beschwören. Dann ließ sie die Erde zu Boden rieseln. Nacheinander und im Uhrzeigersinn machte es ihr die anderen nach.

Dann richtete sich Susy unter mithilfe des Kompasses nach Osten aus. Sie nahm den Blasebalg, den sie von ihrem Vater aus der Garage geborgt hatte und hielt ihn Richtung Osten. Sie drückte ihn mehrere Male kräftig zusammen, so dass alle hören konnten, wie die Luft an der Spitze entwich:

„Große Göttin des Ostens", rief sie wieder mit ernster Stimme, „wir rufen auch dich und bitten dich um Beistand. Mögen deine magischen Winde uns Schutz bieten und uns in die Himmel der Zauberkunst erheben."

Kaum dass sie ihre Worte in den Himmel gerufen hatte, drückte sie den Blasebalg erneut dreimal kräftig zusammen. Dann gab sie ihn weiter. Er wurde im Uhrzeigersinn herumgereicht und jeweils dreimal gedrückt. Derweil nahm sich Susy ihren Mörser und rieb mehrere Kräuter klein. Danach gab sie das Gemisch in die Räucherschale. Sie nahm das Feuerzeug und entzündete die Kohle. Dann blies sie mehrmals vorsichtig hinein, bis feiner, silbriger Rauch aufstieg. Dann suchte sie den Süden mithilfe des Kompasses und hielt die Räucherschale in die Höhe:

„Göttin des Südens entzünde dein heiliges Feuer, um uns zu beschützen. Sei unser Licht in der finsteren Nacht und leuchte uns wie Mond und Sonne den Weg ins Zauberland."

Susy blies vorsichtig in die Räucherschale, um den Rauch stärker anzufachen. Kleine

Dampfschwaden stiegen in den nächtlichen Himmel auf. Dann gab sie die Schale weiter. Auch die anderen bliesen ebenfalls hinein und reichten die Schale weiter. Nun suchte Susy die Richtung Westen. Sie wartete ab, bis alle in die Räucherschale geblasen hatten und sie wieder auf der kleinen Decke stand, die ihr Altar für dieses Ritual sein sollte. Als alle fertig waren, nahm sie sich den Kelch:

„Göttin des Westens fließe und schütze uns. Sei unser magischer Fels in der Brandung und verleihe uns ewige Weisheit."

Sie ließ ihre Worte einen Moment wirken und nahm dann einen großen Schluck aus dem Kelch. Dann füllte sie neues Wasser nach und gab ihn im Uhrzeigersinn herum. Während die anderen tranken, warf Susy einen Blick in ihr Buch der Schatten, dass zeremoniell auf der Decke aufgeschlagen lag. Als alle fertig waren und der Kelch wieder auf dem Altar stand, begann sie mit ihrer Ansprache.

„Wir rufen dich Macht der Erde. Du bist der große Gott. Die Macht, die alles grünen lässt. Du bist der Grüne Mann und du bist die Gehörnte Gottheit. Wir Menschen waren blind und wussten deine grünen Gaben nicht zu schätzen. Jetzt stirbt das Land, weil die Magie in unseren Herzen stirbt. Wir bitten dich, ein Licht in die Welt zu senden, damit die nächste Generation einen Blick für die wahre Magie gewinnt und die Natur gerettet werden kann."

Wieder ließ sie die Worte wirken. Im Schein des Feuers wirkte alles wie im Film und trug den Hauch wahrer Magie in den Himmel. Als sie spürte, dass ihre Worte in der Weltseele angekommen waren, nahm sie sich ihren neuen Zauberstab (ihr Vater hatte sich ein zweites Mal auf einen Deal eingelassen und sie hatte einen nigelnagelneuen Zauberstab bestellen dürfen, dafür musste sie nur weiter beim Hecke schneiden helfen) und gab Jimin ein Zeichen.

Jimin verstand, denn sie hatten es vorher alles besprochen und er wusste genau, was er zu tun hatte. Zuerst griff er sich den Kelch, hielt ihn in den Himmel und dankte der großen Muttergöttin, dann trank er ihn aus. Alle konnten sehen, wie sehr er es genoss. Als er fertig war, öffnete er die Flasche Wasser und goss sie in den Silberkelch. Zum Schluss gab er Susy den Kelch zurück. Diese dankte ihm mit einem Lächeln und hob den Kelch in die Luft:

„Ich rufe die große Muttergöttin als Macht aller Weiblichkeit. Möge ihr dieser Kelch als Opfer dienen."

Als nächstes hob sie ihren neuen Zauberstab hoch und hielt ihn ins Wasser. Sie holte ihn wieder heraus und spritzte ins Feuer:

„Ich rufe den Gehörnten Gott als Prinzip alles Männlichen. Möge dieser Zauberstab dein magisches Symbol in der Welt sein. Wir vereinen heute eure magischen Kräfte, damit sie ein magisches Schutzschild um die Welt aufbauen und die Natur dadurch geheilt wird und wir Menschen mit euch in einem neuen Bund vereint sind!"

Eine nach der anderen lief Susy ihren Coven ab. Sie begann mit Hannah. Sie tauchte den Zauberstab in den Kelch, drehte ihn kurz und spritzte dann Hannah einige Tropfen ins Gesicht. Die lächelte zufrieden, denn nicht nur Susy hatte lange von diesem Moment geträumt. Denn auch für Hannah wurde mit diesem Ritual ein Traum wahr. Als nächstes kam Jimin dran und danach ging sie zu ihren

Eltern. Alle empfingen das magische Wasser mit einem Lächeln.

Dann stellte sich Susy wieder in den Kreis. Sie setzte den Silberkelch ab und legte den Zauberstab auf die Decke. Alle nahmen sich bei den Händen und blickten schweigend in die Luft. Das Feuer warf Schatten und die Sterne bildeten ihr Dach. Sie waren geerdet und jede:r konnte spüren, wie die Magie alles reinigte. Als Susy in ihrem Herzen fühlte, dass das große Werk vollbracht worden war, richtete sie einige letzte Dankesworte an die große Göttin:

„Wir danken dir große Göttin für die Magie in dieser Welt und wir danken dir großer, allmächtiger Erdgott, dass du uns Menschen wie deine Kinder aufziehst und uns all die Wunder der Natur schenkst. Dir danken wir auch Gehörnter Gott für das magische Spiel und den Spaß der Zauberei!"

Sie ließ Hannahs und die Hand ihres Vaters los und nahm sich ihren Kompass vom Altar. Zuerst ging sie zum Westen. Dann rief sie die Göttinnen der vier Himmelsrichtungen an und öffnete den magischen Schutzkreis. Als sie fertig war, umarmte sie freudig eine nach der anderen, bis sie bei ihrem Vater ankam, der sie fest an sich drückte und überglücklich im Kreis drehte.

Über den Autor: